Innocent :
La Défense controversée.

Catalogue Coutern :

Human Army Research Development I: Origines.
Human Army Research Development II: Unité-d'élite.
Human Army Research Development III: Galaxie.
Human Army Research Development IV: Univers.
Innocent: La défense controversée.
La pièce : Lien commun.

Prochaines Publications Coutern :

Human Army Research Development V: Unimast.
I.A : Jusqu'à ce que la mort nous réunisse.
A.F.O.G.I.A : Le pacte de l'ombre.
Développement personnel : Mode de vie.

Éditions Coutern
www.Coutern.com

Chapitre 1 : Mémoires.

(Edouard Marignan entre en incarcération au sein de la prison des Baumettes à Marseille, escorté par plusieurs matons qui scrutent ces moindres faits et gestes et reconnu par les prisonniers qui se mettent à applaudir, une acclamation réprimée par les surveillants et après plusieurs minutes de chahut, la situation reprend son calme et le détenu est poussé par le policier chargé de l'escorter vers sa cellule. Edouard entre et se trouve face à un homme de grande taille de forte corpulence qui lui tend la main) :

— Je m'appelle Yannick, tu dois sûrement être épuisé par le voyage ? Ne t'inquiète pas, ici, tu es en sécurité avec notre groupe de détenus.

— Pourquoi est-ce que je suis accueilli de la sorte ?

— Tout le monde ici a suivi le procès et comment tu as piétiné la justice pourrie de ce pays !

— Pourquoi es-tu ici ?

— Un braquage qui a mal tourné, je ne vais pas te dire que je suis un homme honnête mais mon procès est une mascarade !

— C'est-à-dire ?

— Les preuves ! Ces pourritures de flics ont fabriqué des trucs pour alourdir mon dossier, ils m'ont cuisiné et promis que si j'avouais ce qu'ils ont mis sur mon dos, j'aurais une réduction de peine. J'ai accepté et le juge a estimé que les preuves étaient suffisantes pour me coller 15 ans au trou !

— Tu peux me laisser me reposer ? On en reparlera demain.

— Pas de souci, promets-moi que tu me donneras un coup de main pour mon affaire. Mon avocat commis d'office se fou de ma gueule…

— Je ferais mon maximum pour t'aider mais sache que le fait que je prenne ta défense après ce qui s'est passé risque de compromettre la suite de ton procès.

— Plus rien à perdre ! Merci !

(Edouard s'installe sur le lit d'en bas puis extrait de sa veste un livre « dernier jour d'un condamné » de Victor Hugo et se met à lire jusqu'à ce qu'il s'endorme profondément. Yannick se réveille en pleine nuit, paniqué par les cris de son codétenu qui s'agite fortement, il descend rapidement de son lit et le retient de toutes ses forces en tentant de le réveiller. Edouard ouvre les yeux révulsés, de la bave blanche sort de sa bouche, il est pris de panique et crie en direction des matons qui interviennent rapidement pour sortir l'avocat de la cellule. Le médecin de la prison l'ausculte quelques minutes après son arrivée à l'infirmerie, après un bilan de santé effectué à la hâte, il contacte un policier dans le couloir et demande un transfert d'urgence vers l'Hôpital St Marguerite pour des examens approfondis. Edouard se réveille quelques temps après l'intervention médicale et constate qu'un policier est chargé de le surveiller et qui l'observe d'un air méprisant) :

— A voir votre expression, vous avez l'air d'avoir un contentieux avec ma personne alors que je ne vous connais même pas.

— Ne jouez pas à ce jeu avec moi monsieur Marignan !
— Vous pouvez m'appeler Edouard.
— Je n'en ai pas envie ! Cessez votre tentative de vous attirer la sympathie de l'administration pénitentiaire. Vous serez traité comme tous les criminels.
— Je n'ai rien demandé.
— Et je vous préviens dès maintenant ! Votre codétenu n'est pas un enfant de cœur, ne tentez rien dans la prison.
— Je fais mon travail.
— Vous n'êtes plus avocat ! Les conséquences de vos…

(Le médecin en chef du service des urgences entre dans la salle et demande au policier d'attendre à l'extérieur, ce dernier s'exécute et quitte la salle en restant posté dans le couloir. Le docteur René Léonard se rapproche du patient et analyse les données médicales, Edouard lui tient le bras et s'adresse à lui):

— Je sais que vous allez demander mon transfert vers un hôpital afin de traiter mon épilepsie, je vous demande docteur de ne pas faire ça.
— Vous pensez sérieusement que je vais vous laisser repartir dans un tel endroit avec tout ce que je viens de déceler comme anomalies ?
— Je suis un criminel docteur.
— Un criminel malade ! Pourquoi n'avez-vous rien dit à propos de vos antécédents médicaux ?
— On ne m'a pas demandé…
— Pardon ?!
— Ils étaient tellement pressés de me jeter au trou qu'ils n'ont même pas effectué une analyse médicale.
— C'est inadmissible !
— Docteur, nous n'allons pas commenter les dysfonctionnements du système, je veux juste retourner dans ma cellule et purger ma peine.
— Votre volonté de retourner en prison cache quelque chose, le meurtre de votre fille ne dois pas vous mener à détruire votre vie pour mener une quelconque révolte contre l'administration.
— Qu'est-ce qui vous fais dire ça ?
— J'ai suivi le procès, vous avez joué avec la loi française pour démontrer les failles dans le système judiciaire.
— Vous êtes perspicace.
— Ce n'est pas une manière de faire les choses monsieur Marignan…
— Vous n'êtes pas en position de me donner des leçons !
— Ecoutez, je n'ai rien mais absolument rien à vous reprocher pour votre acte, je ne peux pas dire si votre action est bonne ou mauvaise, je pense que j'aurais probablement fait la même chose ou pire encore. Laissez-moi juste vous soigner puisque le meurtre de votre fille a un lien direct avec la détérioration de votre état de santé.
— Sur quels éléments vous vous appuyez docteur ?

— Je me suis renseigné sur vous depuis votre arrivée. Vous faites des cauchemars, c'est bien ça ?
—…
— C'est ce qui provoque ces crises, je ne vous autorise pas pour le moment à rejoindre la prison, vous restez ici jusqu'à ce que je sois sûr que vous soyez en bonne santé une fois là-bas.
(Le médecin quitte la salle de soins et referme la porte derrière lui puis se dirige vers le policer qui tente d'entrer et se met en travers de son chemin):
— Vous n'êtes plus autorisé à dialoguer avec mon patient.
— Ce n'est pas moi qui ai engagé la discussion docteur.
— Vous ne lui parlez plus ! Il est malade et dans un sale état, la mort de sa fille a provoqué des dysfonctionnements cérébraux et s'il continue à être interrogé, il risque de faire un AVC.
— Je comprends … Que dois-je faire alors ?
— Restez à ses côtés et ne dites rien, il va rester ici le temps que j'adopte un traitement afin de prévenir ces crises.
— Ca sent le traitement de faveur…
— Qu'est-ce qui vous prends ?!
— Vous savez ce qu'il a fait ?
— Le jour où vous rentrerez chez vous et assisterez à une scène comme celle qu'il a vécu, ce que je ne vous souhaite pas. Vous ne connaissez rien de l'affaire.
— …
— C'est au contraire votre corporatisme qui me fou la gerbe.
— Pardon ?!
— Parce qu'il a tué un flic, vous vous sentez solidaire.
— En vérité, je n'ai rien à faire de ce flic pourri. C'est juste que chaque policier tué provoque une fragilité de la profession et on en subit les conséquences.
— Ce n'est pas lui le responsable.
— Je le sais bien docteur, c'est juste que j'ai du mal avec ce genre de détenus.
— Faites en sorte de ne pas le perturber. Je dois vous laisser, j'ai une urgence à traiter.
— Bon courage docteur.
(Le policer entre et aperçoit l'avocat en train de pleurer, il prend le fauteuil puis s'installe au fond de la pièce en retrait, tentant d'éviter de lui parler. Il répond à l'appel émis depuis son smartphone et confirme au directeur de la prison que le détenu reste en observation à l'hôpital et lui explique les antécédents médicaux. Il reçoit la confirmation de rester sur place en attendant la sortie du détenu, ce dernier s'allonge sur le fauteuil, épuisé par la nuit qu'il vient de passer et reçoit un autre appel dans la foulée):
— Oui Anissa.
— Comment est-ce que tu te sens ?
— Fatigué, je suis à côté du détenu et je ne rentre pas ce soir.

— Comment est-ce qu'il va Cédric?
— Il est encore en vie, c'est déjà ça.
— Qu'est-ce que t'as mon chéri ?
— Je suis en plein milieu d'une affaire dans l'affaire, les matons veulent lui en faire baver pour ce qu'il a fait et je ne sais pas ce que je dois faire.
— Pourquoi tu ne démissionnes pas ?
— J'y pense souvent, tu le sais, je n'ai pas envie de participer à ça.
— A quoi ?
— Tout ce qui va se passer par la suite, s'ils ont décidé de le placer aux Baumettes, c'est pour une raison et je n'ai pas envie d'assister à ce lynchage.
— On en reparlera à ton retour Cédric.
— La petite s'est endormie ?
— C'est pour cette raison que je t'appelle, elle souffre et je me suis réveillée pour surveiller sa température.
— On est deux à veiller sur un malade…
— Tu ne m'as pas dit qui c'est ?
— Devine ?
— L'avocat du procès du meurtre de Béatrice ?!
— Première nuit en cellule et crise d'épilepsie… Je te rappelle, il veut me parler.
— Très bien.

(Edouard fait un signe de la main au policier de se rapprocher et ce dernier accepte, il s'assied sur le fauteuil à ses côtés et lui tend un verre d'eau qu'il réclamait. Il boit et redonne le verre à Cédric qui le repose et tente de repartir mais retenu par l'avocat par le bras et le policier retire la main):

— Je ne suis pas autorisé à vous parler, vous devez vous reposer.
— J'ai besoin de compagnie, restez à mes côtés, s'il vous plait.
— …
— Nous avons du temps devant nous, je vais vous raconter mon histoire.
— Je vous dis que vous devez vous reposer ! Votre santé se détériore.
— Justement, mon état se dégrade car je garde tout en moi et je ne parle jamais, j'ai besoin de quelqu'un qui m'aide à soulager ma conscience.
— Très bien mais je ne dirais rien, je préfère vous prévenir.
— Soit.

(Cédric déplace le fauteuil et prend place aux cotés du détenu qui sèche ses larmes. Il tend un mouchoir qu'il retire de sa poche et lui sert un autre verre d'eau qu'il boit avant de prendre la parole)…

Chapitre 2 : Justice

(Virginie Mercier se rend au centre Hospitalier Spécialisé de Perray, contacté en urgence par une infirmière qui l'informe que son époux est admis au sein de leur établissement. Elle quitte rapidement son cabinet rue Vaneau dans le VIIème arrondissement de Paris puis se rend à l'accueil de l'hôpital afin de s'enquérir de la situation. Edouard est allongé sur le lit médical en compagnie de l'urgentiste qui donne ses dernières prérogatives avant de quitter la pièce et laisser le couple en refermant la porte derrière lui) :

— Pourquoi est-ce que tu es venu ?

— Arrêtes Edouard ! Tu ne pensais tout de même pas que j'allais te laisser ici et continuer à travailler comme si de rien n'était ?!

— Je ne veux pas que tu sois malheureuse Virginie, je voulais que tu continues ta vie d'avant notre rencontre et que tu emmènes Béatrice loin de moi.

— Qu'est-ce que tu racontes ?!

— Je ne suis pas fait pour une vie de famille, j'ai essayé tant bien que mal d'être un père de famille exemplaire.

— Et tu l'es ! Ce n'est pas cette maladie qui va me séparer de toi !

— Tu le sais que mon état ne fait que s'aggraver.

— Il est hors de question qu'on se sépare, c'est compris Edouard ! Comme si j'allais t'abandonner à ton sort et divorcer parce que tu as un handicap.

— Et qu'est-ce qu'on fait pour Béa ?

— Elle est heureuse et épanouie … Tu veux bien arrêter de dramatiser la situation ? Ces crises sont anecdotiques et je fais le nécessaire pour prendre soin de toi.

— Très bien.

— Je vais chercher la petite à l'école et je reviens ici, on mène notre vie et on s'en sortira ensemble.

— Tu veux bien ne pas l'emmener ici ? Je n'ai pas envie de la voir dans cet état. Je rentre directement à la maison et on se retrouve là-bas.

— Très bien, appelle-moi une fois sorti d'ici.

(Virginie se dirige vers la porte, Edouard l'interpelle et elle se retourne, ce dernier fait un signe de cœur avec ses mains et cette dernière lui adresse un sourire et quitte l'hôpital. Pendant qu'il regarde la télé, allongé sur son lit, il reçoit un appel sur son IPhone et active la communication) :

— Comment vas-tu Albert ?

— C'est à moi de te poser la question… J'ai été prévenu par Virginie.

— J'étais en train de bosser sur un dossier puis je me suis retrouvé ici, c'est sûrement Eloise qui a dû prévenir le médecin qui étais à mon cabinet pour son litige concernant l'affaire de la clinique privée.

— Il est venu me voir ensuite, il ne veut plus que tu t'occupes de son dossier. J'ai réussi à le convaincre que tu étais le meilleur dans cette affaire.

— Tu pourrais t'en occuper ? Je dois diminuer le rythme en ce moment, ça va pas du tout.
— C'est déjà la deuxième crise en l'espace de 6 mois.
— Le traitement se passe bien pour le moment, mon cousin m'a conseillé un spécialiste à New-York, le docteur Franklin Asturn.
— Pourquoi est-ce que tu ne l'as pas fait avant ?
— Je ne voulais pas que mes problèmes de santé soient révélés avec l'affaire Petosa.
— Je voulais attendre ton rétablissement avant de t'en parler.
— Qu'est ce qui se passe ?
— Tu es sûr d'être en état de discuter ?
— Oui je t'écoute.
— La libération du terroriste le plus recherché d'Italie nous a fait passer pour des monstres auprès de l'opinion public.
— On fait notre boulot, aucune preuve n'est directement liée à lui.
— Je sais bien Edouard mais le directeur nous avait prévenu de la conséquence de gérer ce genre d'affaires, on passe pour des crapules aux yeux des gens.
— Qu'est-ce que tu penses de sa culpabilité ?
— On n'a rien à lui mettre sur le dos mais il est louche, son lien avec la Minora n'est pas établie sur les papiers mais il est mêlé, j'en suis certain !
— Donc il est coupable même s'il n'y a aucune preuve… Tu veux qu'on le condamne sans preuves ?
— Ecoute Edouard, je n'ai pas l'habitude de me mêler de tes affaires, chacun a son dossier mais je n'approuve pas ta manière de faire, tes compétences sont indiscutables mais ta vision « idéaliste » du métier d'avocat fait qu'on traine une sale réputation.
— Qu'est-ce que tu veux que je fasse ?
— Adopte une position politique du métier, lâches ces dossiers de merde qui ne mènent qu'a des problèmes. On n'a pas besoin de ça, le cabinet engrange des millions sans ces procès médiatiques qui sont vus comme une envie de ta part d'être célèbre.
— Je sais bien Albert que tu t'inquiètes pour le cabinet Martin mais si on ne fait pas notre boulot, des innocents seront condamnés à tort, je ne fais pas ça pour me faire un nom mais bien pour permettre de faire évoluer la justice, qu'elle soit capable de condamner de manière juste un homme et pas sur des faits avérés. Cependant, je n'ai pas aimé la manière dont il a savouré son acquittement et levé le bras comme si je l'avais sorti d'un bourbier, je pense aussi qu'il a un lien avec les attentats.
— La presse est venue au cabinet pour une interview, j'ai repoussé en leur expliquant que tu es indisponible pour le moment.
— Demande a Eloise d'accepter l'entretien et de placer un créneau vendredi à 14h00.
— Très bien.

— A bientôt Albert.
— Prend soin de toi Edouard et a demain…

(L'avocat éteint son smartphone puis se repose, quelques heures après, le médecin toque à la porte puis entre dans la chambre du patient en prenant soin de le réveiller avec délicatesse. Edouard ouvre les yeux et observe ce dernier qui retire ses gants et s'adresse à son patient d'un ton serein) :

— Selon le dernier bilan médical, votre état de santé demande un allègement du travail qui cause des dommages sur votre santé mentale et vous empêche de traiter de manière efficace cette épilepsie.
— Je sais bien docteur, j'ai décidé de prendre des congés afin de suivre le traitement.
— Je vous conseille d'abandonner ce métier qui ne fait qu'aggraver votre santé.
— Je ne peux pas docteur, je me sens épanoui dans ce que je fais.
— Je ne fais que prodiguer des conseils …Avec ce genre d'affaires qui en plus vous mettent dans une position délicate.
— Je vois…vous êtes aussi du camp des gens en colère.
— Ma nièce était à Berlin lors de cet attentat, elle n'a pas survécu.
— Vous m'en voulez ?
— Voyons monsieur Marignan.
— Dites-moi concrètement ce que vous me reprochez ?
— Vous êtes aussi coupable que ceux qui ont mis la bombe dans ce bus.
— Et si vous deviez soigner l'un des terroristes, vous le laisseriez mourir ?
— Je ne m'en occupe pas…
— Et c'est une erreur ! Nous ne sommes pas ici pour juger des actes de personnes mais bien de faire notre métier, il y'a une justice qui fait aussi son métier.
— Vous êtes si naïf... L'affaire va probablement être étouffée et vous serez connu pour avoir fait libérer un coupable.
— Rien ne l'incrimine docteur !
— Cessons cet échange, vous voulez bien ? Je n'ai pas envie de ressasser ces souvenirs.
— Mes condoléances pour votre nièce.
— Je sais bien que vous faites votre boulot, j'ai juste du mal à voir ces affaires se multiplier sans rien pouvoir faire.
— Je fais mon métier afin que justement cette affaire ne s'arrête pas qu'à lui, si on condamne une seule personne, l'affaire sera classée et les vrais coupables seront toujours libres et se sentiront capable de recommencer sans scrupules.
— Je ne voyais pas ça de cette façon.
— C'est pourtant ce que l'on fait en tant qu'avocat, on fait le nécessaire pour permettre à l'enquête de continuer, personnellement, je suis presque sûr de son implication mais il n'est pas le commanditaire.
— Pourquoi l'avoir défendu alors ?

— C'est lors de l'acquittement que je m'en suis rendu compte mais je ne peux rien faire, aucune preuve n'incrimine directement cet homme et si je trouve quoi que ce soit, j'en avertit les autorités.
— Très bien, je vous souhaite bon courage pour la suite monsieur Marignan.
— A vous aussi docteur.

(Après avoir effectué une dernière prise de sang , le médecin quitte la pièce et laisse Edouard allongé sur son lit en train de lire et referme la porte derrière lui)…

Chapitre 3 : Crise

(Edouard quitte l'hôpital accompagné d'une infirmière qui l'escorte jusqu'à son véhicule. Après s'être garé à une centaine de mètres de son domicile, l'avocat aperçoit un individu cagoulé courir près de son domicile monter dans un véhicule et fuir à toute vitesse. Edouard est inquiet et décide de poser ses affaires puis de se précipiter vers son domicile où la porte reste entrouverte. En entrant dans le salon, il voit sa fille étendue sur la nourrice et recouverte de sang, il se retourne puis se précipite vers son véhicule type D.S.-9 afin de poursuive l'individu en question. Il roule à toute vitesse sur une route parsemée de brouillard et tente de retracer l'itinéraire de sa cible et réussit à localiser le véhicule se trouvant devant un barrage routier de la police. Le véhicule en question traverse le barrage sans s'arrêter et sous autorisation des policiers qui identifient la plaque diplomatique du véhicule, Edouard lui continue sa poursuite et force le barrage alors qu'une sommation de s'arrêter est effectuée par l'un des policiers qui se fait littéralement éjecter de la route. Malgré la circulation dense qui l'empêche d'atteindre le suspect, Edouard continue de rouler à toute vitesse sur la bande d'arrêt d'urgence pour ne pas le perdre. Le fuyard se gare finalement devant le commissariat de Saint-Cloud et entre précipitamment à l'intérieur, l'avocat en fait de même quelques secondes après sous une pluie battante et toujours poursuivi par le policier qui le traque depuis le barrage routier. Il entre et demande à l'accueil à qui appartient le véhicule garé devant le commissariat, il est projeté vers le sol par son poursuivant qui le menotte au sol. Le commissaire, présent devant le bureau de l'accueil et en pleine entretien avec un détenu, interpelle le policier avec véhémence) :

— Qu'est ce qui se passe ici ?!

— Cet individu a forcé le barrage routier de la D985.

— Attrapez la pourriture qui a tué ma fille !!!!!!!!

(Le commissaire de police s'accroupit et reconnait l'avocat et devient tout d'un coup pâle, il demande au policier qui l'a menotté de le transférer en cellule sans lui adresser la parole et qu'il viendra l'interroger. Edouard crie de toutes ses forces en réclamant sans cesse l'identité du propriétaire du véhicule sans qu'aucun policier présent autour de lui ne daigne lui répondre. Le commissaire accompagne finalement le policier qui tente tant bien que mal de tenir Edouard qui ne cesse de s'agiter et l'empêche de l'escorter dans le calme. Après s'être violemment débattu pour tenter d'atteindre la pièce ou le suspect se trouve, ce dernier s'écroule en plein milieu du couloir et transféré d'urgence vers l'hôpital Fosh de Suresnes où il est admis en réanimation. Quelques heures plus tard, il ouvre les yeux et voit Virginie à ses cotés en pleurs, elle tente de lui parler mais ce dernier ne dit rien puis se retourne de l'autre côté. Le médecin entre a son tour et demande à son épouse de le rejoindre derrière la baie vitrée pour un entretien en privé):

— Je suis désolé d'avoir eu à intervenir dans un moment aussi difficile mais je dois absolument comprendre la situation afin de prendre les bonnes décisions, pouvez-vous m'expliquer ce qui s'est passé madame Mercier ?
— Edouard est entré et a vu notre fille ainsi que la nourrice au sein même de notre maison, assassinées par un homme qui a pris la fuite et poursuivi jusqu'au commissariat de police de Saint-Cloud qu'il soupçonne être le coupable. Edouard a forcé un barrage routier et a poursuivi cet homme et personne n'a voulu lui répondre au commissariat ou l'individu est entré.
— C'est terrible ! Et la police le soupçonne d'être le meurtrier ?!
— Pourquoi est-ce que vous dites ça docteur ?
— La police a tenté de l'interroger mais j'ai donné ordre de ne pas approcher monsieur Marignan puisqu'il n'est pas en état de répondre vu ses antécédents médicaux. J'ai bien fait puisqu'il a assisté à un terrible drame.
— Ne les laissez pas approcher docteur.
— Je n'en ai pas l'intention… Pourquoi est-ce que vous me demandez ça ?
— Vous connaissez l'affaire des attentats en Allemagne et l'avocat qui a réussi à faire acquitter les suspects ?
— Vous voulez dire que ?
— C'est lui, l'avocat qui a permis à ces hommes de quitter le tribunal sans aucune charge retenu contre eux.
— Je vois … Un proche travaille au ministère de l'intérieur, je vais échanger avec lui sur cette affaire qui me paraît être un règlement de comptes.
— Docteur, je vous en supplie, ne parlez plus de ça ! J'ai perdu ma fille et mon mari est entre la vie et la mort, je veux faire le deuil et sauver ce qu'il reste de ma famille.
— Je vous prie de m'excuser madame Mercier, je vous demanderai de quitter la ville un moment sous surveillance policière si vous le voulez bien, je vais contacter ce proche pour qu'il mette à disposition un important dispositif de sécurité pour vous et votre mari.
— Merci docteur, je vais faire le nécessaire et me rendre à Nantes où mes parents m'attendent, tenez-moi informée pour Edouard docteur.
— Je n'y manquerai pas, je vous souhaite bon courage madame Mercier et toutes mes condoléances pour Béatrice. Je vais vous raccompagner à votre véhicule.
— Très bien.

Chapitre 4 : La lettre

(Virginie s'apprête à rejoindre son véhicule lorsqu'elle est interceptée par un homme en costume noir à bord d'une Peugeot 508 noire aux vitres teintées. Ce dernier ouvre la portière arrière sans dire un mot. Après hésitation, elle décide de monter et l'individu referme derrière elle puis monte à bord, il prend son smartphone et confirme son départ puis raccroche. Virginie prend peur lorsqu'elle aperçoit l'individu en train de charger son arme mais garde son calme. Après une trentaine de minutes de trajet, le chauffeur s'arrête à une station-service et la voiture se fait littéralement mitrailler de toute part. Le conducteur tente de s'extirper et parvient finalement à trouver une échappatoire, poursuivi par deux véhicules qui tentent de l'arrêter, il réussit à prendre une déviation au dernier moment et échappe aux poursuivants. Ce dernier est blessé mais continue de conduire, après trois heures de route, ils arrivent devant un manoir. Un homme d'une grande taille aux cheveux blancs et une canne à la main les attend de pied ferme devant la porte. Virginie quitte le véhicule puis entre directement à l'intérieur, une femme d'un âge avancé, rousse au teint mat, se dirige vers elle puis la prend dans ses bras. L'homme qui l'attendait à l'entrée se trouve ensuite à ses côtés en posant une assiette composée de nourriture) :

— Reprend des forces.
— Je n'ai pas faim papa…
— Ma fille, tu dois t'alimenter, cette situation est difficile mais ta santé est inquiétante, tu as maigri et tu n'es pas venu ici depuis des mois.
— S'il te plait, si c'est pour me faire la morale…
— Il ne faut rien te dire c'est ça ?!!!!

(Virginie se lève brusquement et monte les escaliers menant à sa chambre en pleurant, sa mère se précipite pour retenir sa fille mais sans succès, elle se retourne vers son mari qui continue de boire son café) :

— René ! Ce n'est pas le moment !
— Je pensais finir mes vieux jours en paix et voilà que cet enfant têtu a décidé de n'en faire qu'à sa tête ! Pourquoi elle n'a jamais été comme sa sœur ?!
— Tu veux bien arrêter une seconde ?! La seule fois qu'elle s'est opposée à toi, c'était pour te contredire concernant la demande en mariage d'Edouard.
— Et on en voit les conséquences !
— Bien sûr ! C'est facile de prendre position maintenant avec ce qu'il vient de se passer…
— Je n'ai jamais pu l'accepter Naëlle ! Jamais !
— Et tu peux me dire pourquoi ? Tu n'as jamais osé en parler, profitons-en maintenant puisque tu as décidé de remuer le couteau dans la plaie.
— Je n'aime pas sa façon de faire, c'est tout ! Il est toujours dans le voyeurisme, cette affaire qui lui a coûté la vie de notre petite fille, il ne l'a pris que pour se

montrer aux yeux du public qu'il est capable de sortir n'importe qui d'une sale affaire.
— Qu'est-ce que tu racontes ? Tu lui as demandé pourquoi il a pris cette affaire ?
— Je le sais déjà, tu n'as pas besoin de son explication …Cet homme est à l'opposé de mes principes.
— C'est donc pour ça que tu ne voulais pas de lui au sein de notre famille ? C'est parce qu'il est différent de toi c'est ça ?
— …
— Pourquoi tu ne demandes pas à Virginie alors d'épouser un homme que tu as choisi au préalable, ça ira plus vite, tu ne penses pas ?

(René regarde fixement sa femme sans dire un mot puis il prend son assiette et son verre, il se dirige vers la cuisine d'un pas lent et boitillant de la jambe gauche. Ce brillant avocat spécialiste de la finance a fait carrière en défendant les hommes les plus influents de la capitale en les extirpant des situations les plus difficiles. Ce qui lui a valu d'être cité parmi les hommes les plus influents du milieu des affaires. Il décide comme à son habitude de s'occuper des tâches ménagères. Il tente de marcher vers le lave-vaisselle afin de poser ce qu'il porte mais il a du mal à se déplacer, Naëlle le rejoint et l'aide ensuite à monter dans leur chambre et le fait coucher sur le lit conjugal. Le lendemain matin, Virginie est assise dans la cuisine en train de prendre son petit déjeuner servi par l'employée de maison lorsqu'elle entend subitement un cri provenant de l'étage supérieur. Elle se précipite vers la chambre de ses parents, en ouvrant la porte, elle trouve sa mère penchée sur le corps de son mari lui tenant la main, l'avocate contacte dans la foulée le médecin de la famille qui, dès son arrivée constate le décès survenu pendant la nuit. Il ne peut s'empêcher de verser des larmes de tristesse puis quitte le manoir en compagnie de Naëlle qui le réconforte. Le corps du défunt est emmené à la clinique Saint Charles. Virginie elle, reste assise sur le fauteuil à côté du lit de son père, pleurant la disparition de celui qu'elle admirait depuis sa toute tendre enfance. Sa mère revient quelques minutes plus tard et console sa fille en la prenant dans ses bras) :

— Tu ne dois pas te rendre responsable de ce qui est arrivée à ton père ma puce, il était déjà très souffrant.
— Je me sens coupable de m'être disputée avec lui la veille, je ne voulais pas qu'il quitte ce monde en étant déçu de moi.
— Ne dis pas ça ! René était très fier de toi et jamais tu ne dois penser une seule seconde que tu es responsable de la mort de ton père, tu m'as compris ?! Je vais prévenir ton frère et ta sœur et je te demanderai de ne pas quitter cet endroit avant l'enterrement de ton père.
— Très bien maman.

(Naëlle se dirige vers le coffre-fort qui se situe dans l'arrière-salle de la chambre, elle retire plusieurs lettres dont une avec inscrit le nom de Virginie et la lui remet, Elle se lève pour la prendre des mains de sa mère) :

— Chaque membre de la famille a une lettre qui lui est destinée et remise après sa mort comme il me l'a demandé ainsi qu'à ta tante Meredith.
— ça ne te gêne pas que je la lise toute seule ? J'ai envie de me sentir avec papa une dernière fois.
— De toute façon, je n'ai pas le droit de lire les lettres conformément aux prérogatives de ton père et je n'en connais pas la raison d'ailleurs.
— Très bien.

(Virginie marche en direction de sa chambre, en ouvrant l'enveloppe, elle commence à lire et s'arrête en plein chemin, choquée par ce qu'elle y contient. La sonnette de la porte d'entrée retentit et l'employée de maison accueille les enfants du défunt. Ils montent l'escalier afin de rejoindre leur mère et croisent sur leur chemin Virginie qui ne peut s'empêcher de pleurer en les voyant venir, sa sœur la prend dans ses bras tandis que son frère marche en direction de Naëlle qui vient de sortir de sa chambre puis elle embrasse son fils) :

— Comment tu te sens mère ?
— Je m'attendais à ce jour depuis bien longtemps mais je ne peux pas m'empêcher de penser que la disparition de ton père est un désastre pour moi Frederic.
— Clarisse m'a demandé de t'amener à Nice afin de passer du temps avec nous après l'enterrement, elle ne voulait pas venir pour l'instant afin de nous laisser en famille mais elle sera présente pour l'enterrement.
— Elle fait partie de la famille !
— Je sais mais tu la connais, elle aimait énormément papa et cette nouvelle l'a émue au point de préférer rester seule, elle sera la demain matin.
— Pourquoi est-ce que tu n'as pas consolé ta sœur ? Elle vient de perdre sa fille et…

(Fréderic tourne la tête vers Virginie d'un air méprisant et ne dit pas un mot, sa mère l'attrape par le col et lui assène une gifle, elle choque les deux sœurs qui se précipitent vers leur mère qui crie sur ce dernier) :

— Tu dégages d'ici !
— Qu'est ce qui t'arrives maman !
— Ne vous en mêlez pas vous deux ! Tu sors tout de suite d'ici et tu vas te prendre un hôtel ! Je refuse que tu viennes ici pourrir ce moment en famille. Tu reviendras à l'enterrement de ton père !

(Frederic met ses lunettes noires Rayban puis quitte le manoir d'un pas précipité. Virginie tente de nouer un dialogue avec sa mère mais Naëlle rentre dans sa chambre et referme la porte derrière elle, laissant les deux sœurs devant la porte qui l'entendent pleurer. Amélie prend sa sœur et s'en vont dans sa chambre afin de s'entretenir en privé) :

— Qu'est ce qui se passe ici ?
— Fréderic te rend responsable de l'A.V.C de papa, il n'a cessé de répéter à maman que c'est son inquiétude pour ta situation familiale et cette affaire qu'a pris Edouard qui a détérioré sa santé.

— Il a raison.
— Arrête Virginie ! Papa était déjà très malade et ce depuis la tentative d'assassinat qu'il a subi, ce n'est pas ça qui a causé sa mort, Frederic veut juste te mettre ça sur le dos pour se dédouaner, il peut parler lui avec…
— Ce n'est pas le moment Amélie !
— Tu as raison… Comment est-ce que tu te sens toi ? Tu as pu prendre des nouvelles d'Edouard ?
— J'ai appelé le médecin hier soir, il ne se souviens plus de rien.
— Tu ne veux pas retourner à l'hôpital ?
— Je ne peux pas pour le moment, il est placé sous protection judiciaire jusqu'à retrouver les coupables du meurtre de Beatrice.
— Je vais te laisser te reposer et préparer avec Maria le diner.
— Très bien.

Chapitre 5 : René

(L'employée de maison prépare la table pour la première réunion familiale des Mercier depuis plus de 6 mois et l'hospitalisation de René. Ils s'installent tour à tour lorsque la sonnette de la porte retentit, la servante ouvre la porte et aperçoit Frederic demandant à entrer, elle lui demande de patienter et repart dans la salle à manger demander à Naëlle si elle accepte de laisser rentrer son fils. Cette dernière demande à Maria de lui préparer son couvert. Avant de s'installer à table, Frederic embrasse sa sœur sur la tête qui se met à pleurer puis s'installe à ses côtés en lui prenant la main) :

— Je tenais à vous présenter mes excuses, l'émotion qu'a suscité la disparition de papa ne doit en aucun cas me pousser à me comporter de la sorte. A l'avenir, je ne me permettrais plus de faire allusion à un quelconque lien entre les problèmes de santé de notre défunt père avec les décisions de Virginie.

— Je ne veux plus jamais de conflit au sein de cette famille, aujourd'hui c'est René mais ça pourrait être moi demain, votre père fut éprouvé par ces déchirements qui n'ont pas lieu d'être.

— Je te demande pardon maman.

— Passons maintenant au testament de votre père.

— Je ne peux pas entendre ce testament maman, pas maintenant !

— Amélie, la situation est difficile je le conçois mais nous devons garder en mémoire votre père et ses prérogatives.

— J'avais déjà prévenu papa que je ne veux hériter de rien pour ma part.

— Et pourquoi cela Virginie ?

— Le plus grand héritage que m'a laissé cet homme c'est son existence et cela me suffit.

— Justement ma puce, tu n'hérites d'aucun bien matériel si je puis dire. René t'a confié les 5 associations sous son égide et tu les connais puisque tu avais la charge de t'en occuper depuis bien longtemps. Frederic, tu t'occupes de son cabinet et de tout le patrimoine familial de la famille Mercier, notamment les entreprises Fiquial et Rosten, détenus en majorité par la famille. Amélie, tu as la charge avec ton frère de la gestion de l'ensemble des activités notamment le désengagement des affaires concernant les procès des Aris.

— Qu'est-ce qu'il te reste toi maman ?

— Cette maison, c'est la seule chose que j'ai demandé à René de garder. Je possède aussi les actions de Fiquial qui me permettront de subvenir à mes besoins jusqu'à la fin de mes jours.

— Je m'installe dans la région dans les prochains mois. Il est hors de question que mes enfants restent loin de leur grand-mère, Clarisse a déjà donné son accord et contente d'être présente à tes cotés.

— Ecoutez, comprenez que ma position initiale n'a pas changé, je veux rester ici et Maria reste à mes côtés. Le médecin de la famille suit mon évolution de santé et j'ai envie de rester seule, personne ne pourra remplacer René.

— Virginie ?
— Je dois repartir à Paris m'occuper d'Edouard après l'enterrement, je viens de comprendre pourquoi papa m'a donné ces associations.
— C'est à toi de voir, nous savons que René ne décide rien sous le coup de la passion ou une quelconque prise de partie.
— La perte de Béatrice et celle de père maintenant, m'ont permis de comprendre certaines choses et cette décision sera respectée même après sa mort mais je préfère vous prévenir, je ne me séparerai pas d'Edouard.
— C'est ton choix et nous le respectons.
— Très bien Frederic, passons maintenant à la dernière personne présente dans ce testament, Maria, termine ce que tu as à faire et prend place parmi nous.

(L'employée de maison est étonnée par cette demande, elle se rend dans la cuisine et dépose son tablier puis s'installe aux côtés d'Amélie qui lui prend la main) :

— Je voulais d'abord vous remercier tous d'avoir pris soin de moi durant toutes ces années, René a été sali par des rumeurs d'une liaison entre nous qui a causé beaucoup de dégâts dans la famille comme vous le savez. Si votre mère ne m'a pas convaincu de rester, je serais partie car je considère votre père comme le mien. Il m'a sauvée alors que ma famille fut massacrée par ces barbares et m'a tellement apporté que je ne peux qu'être reconnaissante envers lui.
— Maria, tu n'as pas été oubliée à l'écriture de ce testament, c'est pour cette raison que j'ai accepté que tu t'assieds à cette table car René t'a compté comme un membre à part entière de la famille Mercier. Dans cette lettre est stipulé que notre famille s'engage à te fournir l'aide nécessaire afin de repartir dans ton pays d'origine comme tu l'a demandé à René il y'a un an de cela.
— Merci à vous tous, comme vous le savez, j'ai pu lors de mes voyages en Colombie rencontrer le reste de ma famille et j'ai pu reconstruire une vie là-bas mais je ne peux pas repartir et laisser dame Mercier seule. Je resterai ici afin de l'aider comme à mon habitude à traverser les moments difficiles et l'assisterai jusqu'à la fin de mes jours.
— Je m'en doutais Maria, je serais honoré de t'avoir à mes côtés. Parlons maintenant du dernier point à traiter, j'ai été informé qu'Edouard a quitté l'hôpital et se trouve actuellement en route pour Chartres ou une escorte policière l'attend afin de poursuivre sa mise sous protection judiciaire.
— Son état de santé ?
— Préoccupant Amélie, il a tenté à plusieurs reprises de s'en prendre aux policiers, il a été neutralisé et emmené de force.
— Pourquoi est-ce que personne ne m'a prévenu maman ?
— J'ai eu ces infos grâce à Martin, le contact de René du ministère de la justice, l'affaire des attentats a pris une telle ampleur qu'elle a suscité une division au sein du gouvernement. Certains ont pris parti pour ton époux, estimant qu'il a fait son devoir d'avocat et permis d'innocenter des personnes dont on a aucune preuve de leur implication. D'autres sont remontés contre lui car cette affaire

était médiatisée et le fait que l'on n'ait toujours pas retrouvé les auteurs, met dans l'embarras le gouvernement qui attendait le jugement afin de calmer l'opinion publique qui ne fait que mettre la pression et réclame justice.
— Mais s'ils sont innocents, pourquoi est-ce qu'on lui en veut ?
— Tu comprends pourquoi ton père a toujours refusé de prendre ce genre d'affaires Virginie ? René connaissait le risque lié à ce genre de professions ou l'on accuse des hommes intègres qui font leur travail de s'allier aux criminels. D'où son opposition au mariage qui a valu maintes disputes au sein de la famille.
— Tu veux dire qu'il n'avait rien contre Edouard ?
— Evidemment que non, il l'admirait, il le trouvait courageux et une fierté pour le métier d'avocat.
— Pourquoi a-t-il refusé que l'on se marie alors ?
— Ton père pensait aux intérêts de la famille, les positions d'Edouard ont sûrement conduit au meurtre de Béatrice, ce sont les conséquences dont ton père a évalué les risques dès le début de ses années d'avocat où il a pu voir à quel point l'émotion pouvait entraîner des conséquences désastreuses.
— Pourquoi est-ce qu'il ne m'a pas dit ça maman ?
— Je me suis toujours posée la question … A vrai dire son opposition était verbale mais j'ai toujours eu l'impression qu'il n'était pas opposé à votre union dans le fond, il voulait simplement t'alerter sur les risques d'épouser un homme qui vit avec ses convictions.
— J'ai aimé cet homme pour cette raison maman.
— Il fait partie de la famille … Ton père n'a cessé de prendre de ses nouvelles, son bureau est rempli de documents sur l'affaire de l'attentat. Il était convaincu que les accusés étaient innocents et n'a cessé de dire à quel point son beau-fils a fait un travail exemplaire mais que les conséquences allaient être désastreuses pour la suite de sa carrière.
— Est-ce que je peux l'appeler ?
— Personne ne peut entrer en contact avec lui pour le moment Frederic, il est sous protection judiciaire. En attendant de connaître qui veut lui nuire et arrêter les coupables. Virginie devait aussi être placée sous protection mais René a demandé de prendre en charge sa protection avec l'approbation du préfet de la région. L'enterrement a lieu demain après-midi au cimetière du Bourg-sous-La Roche sous anonymat selon ses dernières prérogatives. J'ai besoin de passer un moment seule mes enfants, je vous souhaite une bonne soirée et a demain.

(Naëlle se lève et soutenue par Maria qui l'accompagne vers sa chambre. Frederic, lui, prend son smartphone et monte dans sa chambre, Virginie décide de sortir s'installer sur le banc où René avait l'habitude de passer du temps avec elle accompagné par Amélie sous une pleine lune éclatante et une forte chaleur) …

Chapitre 6 : Décision

(Edouard se réveille et se retrouve menotté sur un lit, entouré par plusieurs policiers qui le surveillent. L'un des policiers décide de retirer les menottes de l'avocat qui se lève calmement. Il observe autour de lui et comprend qu'il a été placé sous protection judiciaire. Une architecture ancienne et des meubles contemporains ornent le décor. L'avocat réclame une cigarette qui est tendue par un autre policier) :

— Je vous ai déjà vu vous ?!
— Inspecteur Damien Blancher, on s'est rencontrés lors de l'affaire du viol de l'assistante de la ministre de la Justice en 2002.
— Je vois ... Ils vous envoient pour terminer le travail, c'est ça ?
— J'ai suivi l'affaire de l'attentat et j'ai pris mon courage à deux mains pour veiller à votre protection.
— Pourquoi cela ?
— Vous êtes victime d'un lynchage politique pour avoir défendu et permis l'acquittement des suspects... Je savais qu'ils étaient innocents mais je n'avais pas le courage de le prouver tant cette affaire avait provoqué un choc. Au début, je me disais que c'était bien fait ce qu'il vous arrivait honnêtement puis j'ai compris par la suite que les rendre coupables aurait permis à l'état d'étouffer l'affaire en bonne et due forme.
— Vous voulez intervenir maintenant alors que ma fille est morte ? C'est trop tard, la partie est terminée, ce métier me dégoûte.
— Nous sommes ici pour vous protéger, quel que soit la décision que vous aurez prise, nous sommes ici pour vous assurer protection jusqu'au procès prévu dans quelques mois.
— Quel procès ?
— L'auteur du crime de Béatrice a été arrêté, il s'agit d'un dénommé Vjekoslav Kalinić. Un ex militaire croate engagé par des intermédiaires Polonais qui voulaient se venger de vous et de l'acquittement de deux suspects selon le rapport émis par les services de renseignements Polonais.
— Vous voulez me faire croire qu'il s'agit d'un règlement de comptes ?
— C'est ce que le procureur Léon Durand m'a stipulé lors de notre dernier entretien par téléphone, c'est-à-dire hier soir avant de vous transférer ici.
— Le commanditaire ?
— Rien n'indique pour le moment qu'ils aient été engagés par une autre entité ou individu ... Laissez l'enquête suivre son cours.
— J'aimerais si possible parler au suspect...
— Il est impossible pour vous de quitter ce lieu pour le moment, vous êtes sous surveillance policière.
— Je vois ... c'est une mesure visant à m'éloigner du procès... Et si je refuse ?
— Ecoutez monsieur Marignan, c'est une situation complexe qui se présente.

— Je ne vous le fais pas dire, cette situation dans laquelle vous êtes, je n'y suis pour rien ! Je n'ai fait que mon travail de faire le nécessaire pour que justice soit rendue et on m'enferme ici ! Je veux voir le suspect ! C'est mon droit !
— Ecoutez-moi !

(Edouard se lève et tente de sortir de la pièce, l'un des policiers se met devant la porte, Damien fait signe de le laisser partir. L'avocat enfile sa veste de costume puis descend l'escalier qui mène à la porte d'entrée, l'inspecteur le poursuit puis retient l'avocat par le bras, tentant de l'en dissuader) :

— Monsieur Marignan...
— Appelez-moi Edouard.
— La situation est très complexe, effectivement, nous avons préféré vous éloigner de cette affaire qui prend une proportion importante. Le gouvernement Français est impliqué, d'autres pays s'y sont mêlés après les révélations sur la participation de groupements Anglais, Italiens et Allemands. Plus vous vous impliquerez dans cette affaire et plus vous serez menacé Edouard.
— Ma fille est morte !
— Rien ne la ramènera, pas même le coupable.
— ....
— Faites preuve de bon sens, votre femme pleure la mort de sa fille et de son père. Vous êtes dans un état mental très instable et vous le savez bien, prenez le temps d'agir avec sagesse, je ne vous reproche rien mais s'il vous plait, restez ici et laissez la justice faire son travail.
— Qu'est-il arrivé à René ?!
— Il a rendu l'âme cette nuit, mes condoléances, votre femme a été escortée de Paris jusqu'en Vendée et a subi une tentative d'assassinat mais s'en est sortie fort heureusement
— Mon dieu !
— C'est pour cette raison qu'on vous empêche de repartir, tentez au moins avant de mener ce combat de vous occuper de votre épouse qui a subi la mort de votre fille, votre disparition et tous ces évènements, laissez la justice faire le reste.
— On connaît la justice Damien, je vais suivre l'affaire et je m'occuperai moi-même de celui qui a fait ça.
— Comme vous voulez, je peux néanmoins me proposer de vous accompagner.
— Pourquoi est-ce que vous vous sentez concerné par cette affaire ?
— Des policiers sont morts lors des attentats, votre remarquable travail qui a permis d'innocenter ces suspects et permis de poursuivre les vrais commanditaires est louable mais vous avez aussi des ennemis prêts à tout pour vous empêcher d'avancer. J'aimerai mener l'enquête du meurtre de votre fille de mon côté en collaboration avec vous.
— Très bien.
— Laissez-moi monter chercher les clés du véhicule et nous nous rendrons à votre cabinet.

— Je dois d'abord me rendre à mon domicile.
— Très bien.

(Les deux hommes repartent au volant d'une Mercedes Classe C noire en direction de Paris, ils restent silencieux pendant un long moment. Edouard verse des larmes et observe par la fenêtre le paysage, Damien lui tend un mouchoir et peiné par ce que vient de subir cet homme qui n'a pourtant fait que son métier d'avocat. Il prend la bretelle d'autoroute sous une forte pluie puis se dirige vers la capitale sous escorte policière) ...

Chapitre 7 : Avocat

(L'inspecteur Lambert dépose l'avocat devant son domicile, il l'attend devant sa voiture en vérifiant son arme et guettant tout autour, il constate qu'un véhicule noir avec deux passagers à l'intérieur est stationné à une centaine de mètres. Il s'approche d'un pas lent puis dégaine son arme, il toque sur la vitre, le conducteur abaisse la vitre et jette un mégot de cigarette) :

— Papiers du véhicule et permis.
— On fait quelque chose de mal inspecteur ?
— Vous me connaissez on dirait.
— Je m'appelle Aleksander Ravinski, commissaire Polonais chargé de superviser l'enquête sur le meurtre de Béatrice Marignan. J'ai été contacté par l'ambassadeur Français afin d'améliorer la relation entre nos deux pays.
— Et cette personne à côté de vous ?
— Je suis chargé par l'ambassade Polonaise en France d'assister le commissaire.
— Je vais vous demander de quitter le lieu messieurs, vous n'êtes pas autorisés à interroger monsieur Marignan sans un mandat d'arrêt.
— Nous ne sommes pas ici pour l'interroger, nous voulons vous apporter une aide face à une situation qui risque de vous dépasser d'ici quelques semaines.
— Nous sommes capables de répondre à toute menace messieurs.
— Ne faites pas l'entêté monsieur Lambert, vous savez bien que vous n'êtes pas de taille face à cette situation surréaliste, cet homme a fait preuve d'une bravoure exemplaire en défendant des présumés coupables. Nous sommes ici pour vous aider, nous resterons à distance prêts à intervenir à la moindre menace qui se présente. Le ministre de l'intérieur a donné son aval et nous sommes ici pour mettre un terme à cette affaire qui accuse directement le gouvernement Polonais et ça, nous ne l'acceptons pas.
— Je vais réfléchir à votre proposition, rendez-vous à la préfecture de police de Neuilly-sur-Seine demain matin à 9h00.
— Très bien.

(Le véhicule Mercedes E200 noir démarre puis quitte le lieu, l'inspecteur reprend sa place et attend l'avocat qui prend du temps. Damien décide d'entrer à l'intérieur du jardin et regarde par la fenêtre donnant au salon, il y voit l'avocat étendu sur le sol et s'empresse de défoncer la porte afin d'intervenir. L'inspecteur se dirige rapidement vers la cuisine pour prendre un verre d'eau et se rapproche d'Edouard qui ne donne aucun signe de vie. Il jette de l'eau sur son visage et l'avocat ouvre les yeux puis se lève brusquement) :

— Qu'est ce qui se passe Edouard ?!
— J'ai eu un malaise, sans doute dû à la vision de la scène du crime.
— Je dois vous emmener à l'hôpital !
— ça va aller… J'ai pris mes médicaments, je compte aller voir le médecin mais pas de suite, je dois voir le suspect.

— Vous voulez de l'aide ?
— Attendez moi dans la voiture, je me change et j'arrive.
— Ok.

(Damien démarre son véhicule, l'avocat quitte son domicile une dizaine de minutes plus tard, ils prennent la route direction la préfecture de police de Neuilly-Sur-Seine. Arrivés sur place, ils se rendent directement vers la cellule du suspect. Le commissaire demande des explications à l'inspecteur Lambert, ce dernier s'entretient en privé et demande à un policier d'accompagner l'avocat vers la cellule du suspect) :

— Qu'est-ce qui vous prend de l'emmener ici ?!
— Commissaire Bertier, il refuse d'être mis sous protection judiciaire en attendant le procès.
— Et vous l'autorisez à rendre visite au meurtrier de sa fille ? Vous n'êtes pas bien dans votre tête ?!
— Il pense qu'il n'est pas coupable, qu'il est simplement l'auteur du crime mais pas le commanditaire.
— Après l'affaire des attentats, voilà qu'il ressort pour capoter une autre affaire.
— Chef, il fait son boulot, faites-lui confiance, il va peut-être nous mener aux auteurs de l'attentat.
— …Votre intuition nous a mené vers des succès mais méfiez-vous, il est très instable mentalement.
— Je ne vais pas le lâcher, il m'a donné l'autorisation de l'accompagner et c'est déjà une bonne chose pour nous. Vous êtes informé pour les Polonais commissaire ?
— Oui, appuyez-vous sur eux pour mener votre enquête, en cas d'empêchement, ils vous permettront de mettre une pression sur le gouvernement.
— Habile.
— J'ai accepté leur collaboration justement pour ça inspecteur, des ministres sont impliqués, ne les laissez pas mener leurs exactions sans couverture. Les Allemands et Anglais s'en mêlent aussi, laissez-les participer afin de montrer notre coopération dans cette affaire.
— Je prépare une réunion demain matin afin de mettre en place une enquête en bonne et due forme.
— Vous avez carte blanche mais tenez-moi informé de l'enquête, vous êtes déchargé de toutes les autres affaires sous votre responsabilité.
— Mais commissaire ?!
— On s'en occupe ici, retrouvez-moi les coupables des attentats, c'est une affaire prioritaire.
— A vos ordres.

(Edouard se dirige vers la cellule, il trouve le suspect allongé en train de regarder le plafond, le policier présent à côté de la cellule tape le fer avec sa matraque et l'individu se lève puis observe Edouard qui se met à lui parler) :

— Vous comprenez le français ?
— …
— Parlez-moi et je lui traduirais.
— Vous comprenez le croate ?
— Oui, j'ai été affecté par l'ambassade Polonaise en France donc je peux lui parler.
— Tko si ti ?
— Qu'est-ce qu'il dit ?
— Il demande qui vous êtes.
— Dites-lui que je serais son avocat, Edouard Marignan, le père de la victime.
— Pardon ?!
— Dites-lui que je sais qu'il est innocent, que je vais le défendre et qu'il sera libéré s'il est innocent.

(Le policier, après hésitation, accepte de traduire les propos de l'avocat. Vjekoslav entend le policier, recule vers le fond de sa cellule puis se met à crier. Edouard quitte la pièce et le policier demande l'intervention de ses collègues afin de le maîtriser. La situation reprend son calme puis le policier demande à Edouard de revenir, le détenu se met à pleurer, l'avocat s'assoit sur une chaise et s'adresse au policier qui traduit la discussion) :

— Je suis ici pour vous défendre, mon but est de prouver votre innocence, je sais que vous êtes impliqué dans une affaire qui vous dépasse et je ferais le nécessaire pour le prouver.
— Qu'est ce qui me prouve que vous serez impartial ? Je suis supposé avoir tué votre fille !
— Si je suis ici en acceptant de vous défendre, ce n'est pas pour vous faire inculper, je veux mettre la main sur le vrai coupable.
— Je vais réfléchir à votre proposition, je dois consulter mon avocat venu défendre mes intérêts mais si le père de la victime décide de me défendre, ça donnera du poids lors de mon procès.
— Je me rend à mon bureau afin d'ouvrir le dossier et préparer la défense, contactez-moi une fois avoir pris votre décision.
— Très bien.

(Edouard quitte le commissariat et rejoint l'inspecteur qui démarre son véhicule puis ils quittent le lieu, escortés par le commissaire polonais qui surveille tout mouvement suspect autour de l'inspecteur et de l'avocat) …

Chapitre 8 : Affaire d'état

(Le lendemain matin, l'inspecteur Lambert réunit les protagonistes de l'enquête menée conjointement par les services de renseignements Français, Allemands, Anglais et Polonais afin de mettre la main sur les commanditaires de l'attentat touchant la capitale Allemande. Damien se lève et prend la parole en présence d'une trentaine de personnes qui écoutent attentivement tout en prenant des notes) :

— Je suis l'inspecteur chargé de l'enquête supervisée notamment par Interpol, le socle de cette affaire et ce sur quoi l'on doit se concentrer n'est pas ces attentas mais bien l'implication de monsieur Marignan dans le procès qui lui a valu le titre d'avocat à abattre depuis l'acquittement des 8 suspects que vous connaissez tous. Si nous mettons la main sur ceux qui veulent voir le couple Mercier disparaître, nous aurons une piste qui pourra nous faire remonter jusqu'au commanditaires. Selon les premiers éléments de l'enquête, Vjekoslav Kalinić est le premier suspect arrêté à l'aéroport Roissy Charles de Gaulle alors qu'il s'apprêtait à quitter le pays à destination de Zagreb. Comment ont-ils pu l'intercepter ? La police aux frontières a suspecté un comportement anormal de ce dernier. Après une vérification d'identité refusé par le suspect qui a contraint les services de police à procéder à une arrestation. Après un signalement du commissariat, l'individu a été placé en garde à vue. Des témoignages l'incriminent avec des preuves accablantes. La complexité de cette affaire provient d'un fait assez rare puisque Edouard Marignan a décidé de défendre le suspect numéro 1 dans cette affaire, ce qui complique sérieusement la tâche.

— Pardon ?!

— Exactement monsieur Berald, c'est une situation assez confuse mais je comprends son but, prouver l'innocence du suspect afin de ne pas boucler l'enquête et trouver les commanditaires.

— Il vient d'échapper à la mort et il continue de provoquer la justice ?

— Monsieur Scherer, il a défendu des suspects de terrorisme pour ne pas mettre un terme à l'enquête, il ne va pas s'arrêter pour le meurtre de sa fille.

— Qu'est-ce que vous préconisez monsieur Lambert ?

— Appelez-moi Damien, nous allons suivre le procès et faire le nécessaire afin de le protéger, cet homme a des ennemies, nous allons tout d'abord les débusquer et nous poursuivons en parallèle l'enquête sur les attentats.

— Pourquoi est-ce que l'on doit le protéger ?

— Il est la clé de cette affaire, c'est difficile à dire mais je vais l'utiliser comme appât, profiter du procès du meurtre de sa fille pour avancer discrètement. Il y'a une enquête officielle menée par Interpol et la nôtre, faisons le nécessaire afin de trouver assez de preuves et pourquoi pas débusquer les vrais coupables mais cela m'étonnerait fortement.

— Pourquoi vous dites cela Damien ?

— Organiser un attentat aussi minutieusement préparé avec des moyens aussi importants, on parle de bombes lourdes et des armes provenant de fournisseurs étrangers, me laisse à penser que ce sont des groupes qui agissent depuis l'étranger, j'en suis quasiment certain.
— Qu'est-ce qu'on doit faire si on localise les commanditaires et qu'ils sont justement basés à l'étranger ?
— On fournit les preuves tangibles, on monte le dossier et on laisse le ministre de la défense s'en occuper. Pour commencer, nous allons mener notre enquête sur ce suspect et dresser une liste de toutes les organisations susceptibles de collaborer avec le groupe « Rumora » suspecté d'être impliqué dans l'attentat de Berlin.
— Qu'est-ce qu'on a sur les attentats maintenant que les suspects sont acquittés ?
— Rien et c'est ça le problème, même les preuves contre les suspects sont inutilisables puisque monsieur Marignan les a rendus caduques.
— Quant a lieu le procès pour le meurtre de Béatrice ?
— La date n'est pas encore fixée, je vous récapitule les trois priorités pour notre enquête, la première et celle que vous devez garder en tête est la protection de monsieur Marignan, la deuxième est la recherche du meurtrier de sa fille et enfin la recherche des commanditaires des attentats.
— Qui se charge de la surveillance de l'avocat ?
— Moi-même inspecteur Giuliano, je suis le seul habilité à suivre monsieur Marignan. Faites en sorte de ne pas être visible par lui qui n'a aucune envie de voir la police entraver ses recherches.
— Pourquoi cela ?
— Il se méfie de tout le monde inspecteur Green, a plusieurs reprises, il fut menacé de mort et il sait que des flics sont mouillés et pourtant, il n'a aucune rancune envers la police qu'il considère comme manipulée par le système.
— De mieux en mieux.
— Nous sommes huit inspecteurs et vingt-deux policiers chargés de deux enquêtes et la surveillance d'un individu imprévisible. Nous avons une possibilité d'avoir du renfort en cas de besoin.
— Oubliez les renforts inspecteur, on ne sait pas qui est impliqué dans cette affaire. La sélection de cette équipe a pris du temps afin d'éviter les fuites d'informations susceptibles de menacer notre travail.
— Vous avez raison commissaire Bertier, six inspecteurs se chargeront de l'affaire Beatrice Marignan, les deux autres se chargeront avec 6 policiers de l'affaire des attentats. Nous ferons une réorganisation selon les nécessités jusqu'au procès. Au travail messieurs !
(La réunion se termine et l'ensemble des personnes présentes quittent la pièce et s'attellent à la tâche. L'inspecteur Lambert, accompagné du commissaire, se rendent à son bureau pour un débriefing) ...

Chapitre 9 : Division

(Edouard se rend à son cabinet dans le XVème arrondissement de Paris afin de préparer le procès. En tentant d'accéder à son bureau, fermé à clé, il se retourne et se trouve nez à nez avec son supérieur hiérarchique qui le convoque dans son bureau pour un entretien en privé. Martin Colembert, dirigeant d'un prestigieux cabinet spécialiste des affaires financières et criminelles s'installe à son bureau) :

— Asseyez-vous monsieur Marignan.

— J'ai beaucoup de travail, tu vas me sermonner encore une fois !

— Assieds-toi ! Tu me dois du respect ! Je suis comme ton père alors assieds-toi !

(Edouard s'assied et observe Martin qui se tourne avec son siège en direction de la fenêtre de longues minutes avant de se retourner puis s'adresse à lui d'un ton ferme) :

— J'ai du respect pour ton père, son suicide a suscité une vive émotion. Je n'ai jamais eu à te reprocher quoi que ce soit, j'ai pris soin de toi non pas parce que ton père est un vieil ami mais j'ai eu l'opportunité de te suivre au cours de ta carrière. Je ne suis pas ici pour te faire la morale, cette affaire d'acquittement a donné une mauvaise réputation a notre cabinet mais en même temps, être capable de faire ce que tu as fait, je trouve ça remarquable. Ton beau père m'a appelé un jour pour me demander de te soutenir car tu ouvres une brèche qu'aucun individu n'a osé ouvrir avant toi, celle de faire son métier quel que soit les circonstances.

— Où est le problème alors ?

— Tu as décidé de défendre le meurtrier de ta fille, je n'en connais pas la raison mais je préfère te prévenir, tu t'immisces dans quelque chose qui est pire que la précédente affaire. Tu vas te mettre à dos la plupart des gens qui t'estimaient jusqu'ici, je fais partie de ta famille même si aucun lien ne nous lie par le sang, j'aimerais que tu prennes en compte cet élément avant de te demander ta démission.

— Quoi ?!

— Tu as franchi les limites morales et l'éthique professionnelle en acceptant de défendre le meurtrier de ta fille. Jamais ton père n'aurait accepté une telle démarche, j'ai toujours défendu des individus quel que soit le crime commis mais là, je ne peux pas justifier un tel acte auprès de mes clients et tu donnes encore une fois une mauvaise image au cabinet.

— Je comprends…

— Je te laisse le choix de te retirer de ces deux affaires et de garder ton poste au sein du cabinet, je sais bien que tu vas refuser et continuer de mener une bataille que je considère comme noble mais contraire à notre politique de ne jamais nous opposer au gouvernement ni de nous mêler des affaires à risque. J'ai pris cette décision avec amertume mais je ne peux faire autrement, tu ne me laisse pas le choix.

(Edouard se lève et serre la main de Martin qui est ému de voir partir un modèle pour lui, l'avocat traverse le couloir menant à son bureau et reçoit un appel sur son smartphone) :

— Où est-ce que tu es ?
— Au bureau Virginie. Je rentre dans une heure.
— Je suis sur la route, je viendrai l'après-midi, il faut qu'on discute.
— Très bien.

(Edouard raccroche puis continue son chemin en direction de son bureau, il ouvre la porte et son collègue et ami de longue date entre lui aussi et referme la porte derrière lui) :

— Il t'a viré ?
— Je ne m'y attendais pas mais logique en même temps.
— Tu m'étonnes… Tu comptes faire quoi ?
— Continuer, je m'occupe de l'affaire depuis mon domicile.
— Tu as du courage, j'aurais aimé avoir ton abnégation mais j'ai promis à Hélène de ne pas me mêler de tes histoires. Si jamais tu as besoin d'aide, n'hésite pas, je ferai ça en douce comme d'habitude.
— Prend soin de ta famille Robert, mon combat n'est qu'une conséquence d'une carrière qui ne me convient plus. Marre de voir notre métier à géométrie variable, on défend la justice et on se fait traiter comme des moins que rien.
— Je ne vais pas te dire le contraire Edu, je vais te demander quelque chose d'inhabituel mais bon je pense être en position de l'ami le plus inutile qu'il soit depuis le début du procès.
— Je t'écoute Robert ?
— Je veux t'aider ! Je ne me montrerai pas en public par peur des représailles mais je le fais pour Béatrice.
— Tu auras tout ce qu'il faut sur ta boite mail, comme d'habitude.
— Je vais t'aider à prendre tes affaires, j'ai un peu de temps devant moi.
— Très bien.

(Robert commence à rassembler les dossiers les plus importants et les transfère à son bureau. Une tristesse se fait ressentir au sein du personnel qui applaudit lors du départ d'Edouard qui fait grise mine. Accompagné par son assistante qui rassemble les dernières affaires et charge le véhicule de l'avocat qui lui serre la main. Robert l'accole et ému, lui tend un médaillon qu'Edouard accepte de prendre, une récompense reçue au cours d'une affaire qui lui a valu d'être décoré de l'ordre du mérite. Le directeur du cabinet observe la scène de son bureau à l'étage. Robert est directement convoqué après le départ d'Edouard) :

— J'ai une question à vous poser monsieur Thenard, ai-je eu tort de demander la démission d'Edouard ?

— Vous êtes le directeur de cet établissement monsieur, je ne suis pas en position de dire quelle décision est bonne ou mauvaise pour les intérêts du cabinet.
— ça veut dire que vous êtes contre…
— Monsieur, si vous me demandez de donner mon avis, je ne le ferai pas, Edouard est quelqu'un pour qui j'ai de l'estime mais il mène un combat personnel et c'est louable mais peut-on vous en vouloir pour avoir pensé aux intérêts du cabinet et préservé une réputation difficile à obtenir.
— Je ne pouvais plus le protéger, j'ai de l'admiration pour ce qu'il fait mais la situation est intenable. Des clients nous tournent le dos, nous sommes devenus des parias et je sais qu'il fait un travail exceptionnel mais je n'avais pas le choix.
— Je comprends.
— Vous allez déléguer toutes les affaires que vous traitez et n'en garder qu'une seule, vous assistez Edouard pour le procès de sa fille ainsi que le procès des attentats de Berlin. De nouveaux suspects ont été identifiés et l'on demande un avocat de notre cabinet pour les représenter.
— Pourquoi cela ?
— L'un des suspects est en lien avec l'ambassade du Pérou à Paris, le fils de l'ambassadeur est accusé d'avoir participé à l'organisation des attentats. Faites votre travail et défendez le suspect selon votre capacité. Si vous voyez en lui un potentiel coupable, faites le nécessaire pour qu'il soit condamné et que cette affaire soit clôturée.
— Vous me demandez de lever le pied ?
— Je vous demande de ne pas provoquer de remous, le ministre de la Justice nous a dans le collimateur, faites le minimum, c'est tout ce que je vous demande. J'ai accepté cette affaire pour mettre sous les verrous les coupables de ces attentats et si ça passe par condamner ce dernier, nous n'hésiterons pas.
— Très bien.

(Edouard arrive à son domicile et décide de prendre du repos avant de se remettre au travail. Virginie le rejoint quelques heures plus tard en entrant directement dans le salon et en jetant ses affaires, elle aperçoit son époux endormi avec une peluche de Béatrice sous son bras. Elle décide de ne pas le réveiller et s'occupe de tâches ménagères. En s'occupant de la chambre de Béatrice, toujours choquée par la mort de sa fille, elle s'allonge sur le lit en observant un long silence. Edouard toque à la porte et voit son épouse en train de tenir le pull que portait sa défunte fille à son dernier anniversaire, elle sèche ses larmes , se retourne et se lève soudainement puis s'adresse à lui d'un ton sec) :

— Qu'est-ce que tu viens faire ici ?!
— Comment ça Virginie ?
— Je ne veux aucune explication sur ta décision de prendre en charge la défense du suspect principal dans le meurtre de notre fille. Il avait raison mon père, tu ne

fais que vouloir montrer aux gens que tu es cet avocat exceptionnel qui ose même défendre le meurtrier de sa propre fille. Tu me dégoûtes !
— Tu as fini ?
— Non ! C'est fini entre nous ! Je quitte cette maison et ce que tu vas y faire, je quitte mon métier d'avocat et de tout ce milieu qui me dégoûte aussi !
— De toute façon, tu n'es plus d'une grande utilité en tant qu'épouse en même temps…

(Virginie s'avance vers ce dernier et lui assène une gifle qui brise ses lunettes, ce dernier ne dit rien puis quitte la maison familiale, il prend sa voiture puis se rend au Pub Saint John's en plein centre-ville. Le barman lui sert une bière qu'il commande et ce dernier l'ingurgite d'une traite et en redemande une autre. A ses côtés une femme l'observe attentivement. Elle s'incline de son côté et s'adresse à lui d'une voix douce) :

— Tu m'as l'air d'être bien triste pour un bel homme.
— J'ai perdu ma fille et ma femme en moins d'une semaine.
— Mes condoléances.
— Ce n'est pas le moment de s'apitoyer sur mon sort, je suis venu célébrer le brillant avocat qui va conquérir le cœur des juges perdus !
— Comment est-ce que tu t'appelles ?
— Edouard… et toi ?
— Béatrice.
— Pardon ?!

(La femme se transforme en un enfant ressemblant à sa fille et giclant du sang de ses yeux, Edouard se met à crier puis se réveille en plein salon de sa maison torse nu et le torse griffé. Il se dirige vers la salle de bains et met de l'eau sur son visage. Le téléphone de la maison retentit et l'avocat descend l'escalier pour aller décrocher) :

— Edouard ?!
— Oui.
— Mais où est-ce que t'étais ? J'étais morte d'inquiétude !
— Tu n'es pas venu ?
— Non ! Je suis resté en Vendée, la police demande à ce que je reste sous surveillance policière jusqu'au procès.
— Très bien.
— Est-ce que ça va toi ?
— Un peu mieux, je suis à la maison et je m'occupe de l'affaire du meurtre.
— Je ne sais pas pourquoi tu fais ça mais je te fais confiance, je sais que tu agis pour retrouver le véritable meurtrier mais promets-moi une chose.
— Oui ?
— Si c'est lui le véritable meurtrier, éloigne-toi de l'affaire et abandonne tout, j'ai besoin de toi et tu le sais que je ne peux vivre sans toi à mes côtés.
— Je n'arrêterais pas tant que je n'ai pas mis la main sur celui qui a tué notre fille.

— Je t'aime Edouard.
— Je t'aime aussi princesse, mes condoléances pour René.
— Merci, je t'appelle demain.
— Prend soin de toi.

(Edouard raccroche et se rend compte qu'il a fait un cauchemar mais se demande d'où viennent les griffes sur son torse. Il éteint la lumière du salon et se met à boire et fumer, affalé sur le canapé, pleurant la mort de sa fille. Il s'endort par épuisement puis est subitement réveillé par un cri qui retentit, Edouard se lève tout d'un coup et voit le fantôme de sa fille à quelques mètres de lui, tenant une peluche et saignant des yeux qui s'adresse à lui avec un sourire) :

— C'est moi papa, tu es content de toi ?
— Laissez-moi tranquille !!!!!!!

(Il se précipite vers la cuisine pour prendre un couteau et se cache dans la buanderie à l'étage, accroupi et pleurant à chaudes larmes sous le rire démoniaque du fantôme de Béatrice qui tient un couteau dans la main et se le plante dans le ventre. Edouard ferme la porte de la pièce et ne cesse de pleurer jusqu'à s'endormir par épuisement) …

Chapitre 10 : Collusion

(Le procès du meurtre de Béatrice Marignan et Nathalie Qoris débute au tribunal judiciaire de Paris. Le juge Cédric Renier s'installe avec ses assesseurs et le public dans la salle en fait de même. Virginie est assise aux côtés de Frédéric et Amélie venus soutenir leur sœur dans cette terrible épreuve. A la barre, Edouard, le père de la victime, se présente pour la première plaidoirie. Le juge est stupéfait par les informations transmises par son assistant sur la relation entre l'accusé et son avocat) :

— Monsieur Marignan, vous avez décidé de prendre en charge la défense de monsieur Vjckoslav Kalinić qui est pourtant accusé de double homicide et l'une des victimes est votre enfant. Avez-vous subi une quelconque forme de menace ou de pression pour vous présenter face à moi aujourd'hui ?

— Non monsieur le juge.

— Après étude de cette affaire, je me vois contraint de suspendre l'audience afin de déterminer la faisabilité d'une telle procédure au regard de la loi.

— Permettez-moi, monsieur le juge, aucune loi ou jurisprudence ne m'interdit de prendre le parti de la défense. J'ai fait le nécessaire afin de prendre en considération toutes les prérogatives concernant ce procès.

— Monsieur le procureur, voyez-vous une contrainte à ce que monsieur Marignan soit l'avocat du meurtrier d'un membre de sa famille ?

— Aucune monsieur le juge.

— Très bien, Monsieur Kalinić, vous êtes accusé de double homicide avec préméditation au domicile de monsieur et madame Marignan survenu le 26 février dernier entre 15h30 et 18h30. Je vous laisse la parole monsieur le procureur pour le réquisitoire.

— Merci monsieur le juge, l'accusé ici présent fait état de plusieurs faits commis dans son pays d'origine c'est-à-dire la Croatie avant les faits survenus en France. Nous sommes ici pour déterminer le lien qu'entretient l'accusé avec cette affaire, nous ferons la lumière sur le passé de monsieur Kalinić qui est supposé être en France pour un déplacement professionnel avec l'ambassade de Pologne située à Paris. Messieurs les jurés, notez le point important qui resurgira lors du procès et la nature de la présence de ce monsieur en France puisqu'aucune trace de sa présence au sein de l'ambassade n'est mentionnée et n'a visiblement pas eu l'intention de rester au-delà de trois jours. Quel est la nature de son voyage ? Pourquoi repartir aussi rapidement et surtout, pourquoi un individu censé représenter la Croatie se trouve soudainement missionné par une ambassade étrangère pour une mission qui n'a ni objectif ni éléments prouvant qu'il a bien été engagé ? Tous ces évènements nous laissent à penser que cet homme ici présent avait un but précis et, si l'on se réfère à son passé de militaire où l'on peut constater qu'il a plusieurs fois fait acte de violence inexpliquée et d'actions visant à nuire aux intérêts de la nation Croate, appuyé

par des témoignages et des preuves tangibles de son implication dans ce double assassinat.
— Bien monsieur Faure, c'est à vous maître Marignan.
— Mesdames et messieurs les jurés, l'accusé ici présent est présenté comme le coupable idéal. Tout l'accable sauf les preuves ! Est-ce qu'on juge coupable un homme car il se rend sur un lieu que 3 jours ? Il est effectivement fait mention nulle part que l'ambassade l'ait envoyé pour une mission diplomatique mais n'est ce pas plutôt une négligence ou un oubli ? Ce dont est accusé monsieur Kalinić est un délit de sale gueule ! Un étranger qui vient à Paris que trois jours puis arrêté à l'aéroport pour comportement suspect est forcément en train de fuir d'un double meurtre ? Le procès nous permettra de faire la lumière sur ces évènements mais sachez que l'accusé n'est en aucun en lien direct avec ce double meurtre et je vais vous le prouver.
— Très bien, la séance est levée, nous poursuivrons la séance demain avec l'interrogation des témoins.

(Edouard est le premier à se lever et range ses dossiers avant de quitter la salle d'audience, l'accusé est accompagné par les policiers à la prison de la santé du XIV arrondissement de Paris. Le juge convoque le procureur à son bureau tandis que l'avocat prend la direction de son véhicule accompagné de l'inspecteur Lambert et de son épouse) :

— Comment est-ce que tu te sens Edouard ?
— Un psychiatre me suit depuis le meurtre de ma fille qui voit une amélioration de mon état de santé, j'ai pu me reposer avant le début du procès. Qu'est-ce que ça donne de votre côté Damien ?
— Le procès des attentats de son côté avance bien puisque les enquêteurs ont réussi à établir une liste de 5 suspects qui ont posé les dispositifs d'explosion ainsi qu'une interception des appels qui indiquent que ces attentats étaient préparés depuis la Russie.
— Les Russes ?
— Enfin des dispositifs informatiques de provenance Russe, sont-ils les commanditaires ? La preuve n'est pas établie. Nous poursuivons nos recherches et nous espérons trouver des preuves avant le procès pour les attentats.
— Les suspects sont-ils tous identifiés ?
— Selon le rapport de l'inspecteur Allemand Arnold Bauer, il s'agit effectivement de l'ensemble des auteurs qui ont installé les dispositifs permettant la détonation au sein des gares ciblées. Nous n'avons aucune trace des appels pour le moment émis depuis l'étranger mais ce qui est rassurant ce sont les services de renseignements Russes qui collaborent et nous permettent d'avancer de manière significative dans cette enquête.
— Je vous demanderai Damien de diriger les opérations de surveillance de mon épouse qui subit des menaces depuis plusieurs semaines.
— Edouard ?!

— Tu dois absolument faire en sorte de rester éloignée de cette affaire, ta présence à mes côtés ne fait qu'accentuer la pression Virginie. Le procès se termine dans quelques semaines et les commanditaires feront tout pour empêcher de trouver les responsables et j'ai peur de te perdre. Je te demande de bien accepter en attendant la fin du procès, Damien va assurer ma protection et je ferai en sorte de faire mon travail mais je suis contrarié par le danger qui plane autour de toi.
— Très bien. Apelle-moi une fois à la maison, je t'aime.
— Je t'aime aussi.

(Virginie s'installe à bord du fourgon blindé du G.I.G.N qui l'escorte jusqu'au lieu indiqué par l'inspecteur, Edouard accompagne ensuite Damien à bord de sa voiture de police puis se rendent au domicile de l'avocat pour préparer la suite du procès)…

Chapitre 11 : Révélations

(L'inspecteur Lambert dépose l'avocat devant son domicile puis repart au commissariat. Ce dernier, avant de rentrer chez lui, fait un détour afin d'aller chercher des documents dans sa voiture. La ruelle sombre oblige Edouard à utiliser son smartphone pour éclairer le chemin menant vers le coffre de son véhicule. A peine arrivé devant le côté conducteur qu'il se fait subitement plaquer sur le capot et sent une arme glisser derrière son dos. Edouard garde le silence en attendant que son agresseur le relâche) :

— T'as intérêt à faire en sorte qu'il reste en taule.

— Qui êtes-vous ?!

— Le libérer ne fera qu'aggraver la situation, la perte de votre fille ne vous a pas suffi ?

(Les paroles menaçantes de ce dernier poussent l'avocat à tenter de s'extirper afin d'identifier son agresseur, il se prend un coup sur la tête et s'écroule. Edouard est réveillé par l'inspecteur Lambert qui le relève puis le transporte vers son domicile. En entrant dans le salon, il le pose sur le canapé puis l'interroge tout en tentant de soigner la blessure) :

— Qu'est ce qui s'est passé ?

— Un homme m'a braqué dans le dos et m'a demandé de laisser le suspect croupir en prison.

— Bouge pas. Je vais nettoyer la plaie et t'emmener à l'hosto.

— Hors de question ! Je dois préparer la suite du procès.

— Mais tu es…

— Apelle un médecin qu'il vienne soigner la blessure sans avertir personne, ce n'est pas un coup qui va m'empêcher de poursuivre.

— Comme tu veux…

(L'inspecteur se rend dans la cuisine afin de reprendre des pansements, il contacte un médecin et lui demande une intervention rapide, il raccroche puis soigne Edouard qui continue de scruter les documents qu'il a récupéré dans la voiture, une discussion autour du procès est entamée) :

— Tu peux me dire ce que tu as ressenti lors du procès ?

— C'est-à-dire ?

— Je ne sais pas si j'aurais pu un jour me tenir à côté de celui qui est accusé d'avoir tué ma fille.

— C'est justement là que tout se joue, garder une position neutre et faire son maximum pour faire en sorte que toute la lumière soit faite sur le meurtre de ma fille.

— Et si c'est lui le coupable ?

— Au moins, je saurais que le commanditaire se trouve derrière les barreaux.

— Tu ne veux pas laisser la police faire son travail ?

— De quelle police tu parles ? Celle qui a refusé de me dire le nom de celui qui est entré dans leur commissariat ou celle qui a couvert la tentative d'assassinat de Virginie ?
— Dans le premier cas, c'était une affaire diplomatique et tu n'as pas à...
— Le minimum à faire est de me donner son identité.
— Cet élément aussi était sujet a une étude, ils ne vont pas te donner ce que tu désires simplement parce que tu l'as demandé.
— ...
— Contente toi de faire ton travail et laisse-moi faire le mien par la suite...Tu me fais confiance ?
— Je n'ai pas le choix en même temps Damien.
(Le médecin se présente devant le domicile puis intervient pour soigner l'avocat qui prend des comprimés d'anti-douleurs et continue d'éplucher les documents. Edouard demande à l'inspecteur de venir le chercher à 8h00 mais Damien refuse et demande à passer la nuit au domicile de l'avocat et ce dernier accepte, une nuit où l'inspecteur passera son temps entre de légers sommeils et une surveillance accrue du domicile. Le lendemain matin, les deux hommes se rendent au tribunal en empruntant un itinéraire différent afin d'éviter une menace sur la route menant au tribunal. Il est 9h00, Edouard se trouve devant la salle d'audience afin de préparer la séance cruciale puisque les témoins vont apporter un éclaircissement sur les évènements survenus le jour du drame. Le juge ouvre la première audition, le psychanalyste Armand Beltier appelé à la barre par le procureur de la république qui se rapproche du micro, le greffier lui, continue de retranscrire le procès tandis que les jurés sont concentrés sur le témoin) :
— Monsieur Beltier, pouvez-vous nous décrire le comportement de l'accusé monsieur Kalinić ?
— Après étude au cours des 6 derniers mois et consultation des différents spécialistes du domaine psychiatrique, monsieur Kalinić ne présente aucun signe de trouble du comportement notoire qui pourrait expliquer un quelconque acte visant à nuire à un individu. Nous avons fourni l'ensemble des données ainsi qu'un bilan de santé.
— Pouvez-vous nous dire si l'accusé présente des troubles dus à ses antécédents au sein de l'armée Croate ?
— L'accusé a en effet eu par le passé des troubles du comportement dus à des séquelles d'après-guerre mais après un traitement efficace du professeur Horvat qui nous a transmis son dossier médical, rien ne semble anormal monsieur le procureur. Il agit de manière à distinguer le bien du mal et rien n'indique qu'il pourrait commettre un acte irréfléchi comme celui dont il est accusé.
— Vous pouvez donc affirmer ici à la barre qu'il peut être amené à effectuer un acte qu'il penserait bon comme assassiner pour le bien de tous ?
— Objection votre honneur !
— En quel honneur monsieur Marignan ?

— Monsieur le juge, cette question est inappropriée puisqu'il s'agit d'un acte qui pourrait tous nous concerner. Qui dans cette salle ne penserait pas bien faire en tuant si on le menace ou qu'on lui expose les faits comme un acte de bienfaisance tout en lui cachant la vérité ? Cette question est sans fondement !
— Objection retenue … Monsieur le procureur, veuillez reformuler je vous prie.
— Monsieur Beltier, pouvez-vous expliquer les troubles psychiques de l'accusé ici présent ?
— Selon le dossier transmis, monsieur Kalinić a subi au cours de la guerre de Bosnie des sévices, il a dû commettre des atrocités sur de jeunes enfants et des femmes sans défense.
— Pourquoi a-t-il commis ces atrocités ?
— Il a été capturé par une milice Serbe qui lui a fait commettre tout sortes d'atrocités afin que la presse relaye des informations sur la présence de forces étrangères en Bosnie et incriminer l'état Croate.
— Vous concevez donc qu'il a déjà commis un meurtre d'enfants sous contrainte ?
— Objection monsieur le juge !
— Retenue … Monsieur le procureur ?
— Plus de questions monsieur le juge.
— C'est à vous maître Marignan.

(Edouard se lève et s'approche du pupitre, il a les mains moites, de la sueur coule sur son front. Le juge s'interroge sur les blessures visibles de ce dernier et prononce la suspension de l'audience pour une heure et convoque dans la foulée l'avocat à son bureau pour un entretien en privé) :

— Je peux savoir d'où proviennent ces blessures ?
— Rien de grave monsieur le juge.
— Etes-vous sûr de pouvoir poursuivre la séance ?
— Bien sûr.
— Est-ce que ces blessures ont un lien avec cette affaire ?
— Suis-je obligé de vous répondre ?
— Répondez ou je demande votre révocation immédiate !
— J'ai été menacé devant mon domicile par un homme qui m'a ordonné de laisser l'accusé en prison sous peine d'avoir à subir un autre assassinat, il m'a porté le coup à l'arrière de la tête et je me suis écroulé. L'inspecteur Lambert m'a porté secours et m'a emmené à mon domicile où j'ai été soigné.
— Je dois vous demander de vous retirer monsieur Marignan.
— Monsieur le juge ! Ils n'attendent que ça ! Ne les laissez pas gagner, l'inspecteur Lambert veille désormais à ma protection de manière constante, il a passé la nuit à mon domicile.
— … Laissez-moi réfléchir, je reviendrai vers vous avant le retour du procès.
— Très bien.

(L'avocat quitte la pièce puis rejoint l'inspecteur qui est en compagnie de Virginie devant la salle d'audience. En arrivant auprès de son épouse, celle-ci l'accole et constate la blessure qu'a reçu son mari sur la tête) :

— Damien vient de m'expliquer ce qui s'est passé, laisse-moi revenir à tes côtés !

— C'est justement ce qu'il ne faut pas faire princesse, ils ont essayé de m'intimider parce qu'ils n'arrivent pas à t'atteindre. Damien est présent et fera le nécessaire pour me protéger.

— J'ai eu l'autorisation de veiller 24h/24 et 7/7 jusqu'à la fin du procès, des policiers se tiendront devant le domicile.

— Qui peut bien être derrière tout ça ?

— C'est justement pour ça que je suis à ses cotés Virginie, on attend de pied ferme qu'il retente quelque chose et on ne se laissera pas faire. Je t'en fais la promesse.

(Le juge se présente de nouveau devant la salle d'audience, il confirme la poursuite du procès ainsi que le maintien de l'avocat de la défense et demande à l'ensemble des personnes présentes de rejoindre la salle. Le procès reprend son cours, Edouard se présente devant le pupitre et poursuit l'audition du professeur Beltier) :

— Pouvez-vous nous dresser un profil psychologique de l'accusé ?

— Monsieur Kalinić est un homme intelligent, au cours de sa carrière militaire, il a démontré de fortes capacités d'adaptation mais cet évènement tragique au cours duquel il a commis ces atrocités l'ont affecté psychologiquement.

— C'est-à-dire ?

— Il a tenté de se suicider à son retour en Croatie, il a été retrouvé pendu et sauvé par le colonel fort heureusement.

— Pensez-vous monsieur Kalinić capable de tuer à nouveau ?

— Je ne peux pas me prononcer à ce sujet, vous avez tous les éléments et je ne peux vous dire si cet homme est capable ou non de le faire. Il a été traumatisé et vit depuis dans l'entraide de son prochain, il a créé des associations de lutte contre la pauvreté et est reconnu dans sa ville natale comme un homme qui a permis à bon nombre d'enfants de sortir de la misère.

— Pouvez-vous nous parler de sa santé physique ?

— L'individu présente des anomalies physiques pouvant l'empêcher de continuer d'exercer la fonction de militaire, d'où son retrait par l'armée Croate.

— Est-il physiquement apte à commettre un meurtre ? S'enfuir en voiture et réussir à rejoindre l'aéroport en si peu de temps ?

— Très peu probable, les circonstances du meurtre ainsi que la violence du coup porté contre les victimes sont commises par un individu capable d'exécuter en un temps précis et minutieux dans sa manière d'agir.

— Objection monsieur le juge !

— Acceptée monsieur le procureur, monsieur Beltier, tenez-vous en a votre fonction.

— Je n'ai plus de questions monsieur le juge.
— Très bien maître Marignan.
— Veuillez reprendre votre place professeur, monsieur Petrović, veuillez-vous présenter pour l'audition, je vous prie.

(Le colonel se lève et s'approche de la place de témoin, de nombreuses décorations ornent son blouson, sa corpulence et sa carrure impressionne le procureur qui se présente devant le pupitre accompagné d'un traducteur qui se tient auprès de lui pendant l'audition) :

— Monsieur Petrović, pouvez-vous nous décrire l'accusé ici présent ?
— Monsieur Kalinić est reconnu par l'armée Croate pour ses états de service ainsi que ses missions d'ordre humanitaire avec l'O.N.U notamment pour le sauvetage de Bosniens pendant cette guerre dans les Balkans qui a provoqué de multiples troubles au sein de cette population.
— Selon vous, est ce qu'il pourrait programmer un double meurtre prémédité ainsi qu'une tentative de fuite à l'aéroport de Roissy-Charles De Gaulle comme stipulée dans le rapport de police ?
— Après analyse, le lien entre cet homme et ce qu'il est supposé avoir commis me laisse perplexe, un acte aussi odieux ne peut être commis que par un meurtrier d'expérience, qui a minutieusement effacé toute trace d'effraction ainsi qu'une forte capacité de sang-froid pour déplacer les corps et mettre en scène un cambriolage puisqu'il a dérobé des objets de forte valeur.
— Vous constatez donc une irrégularité dans l'affaire ?
— Je n'ai pas dit ça, cet homme est un ancien militaire, il sait obéir aux ordres même les plus contraignants, il a la capacité d'effectuer ce genre d'actes si nous considérons qu'il s'agit d'une « mission ».
— C'est-à-dire ?
— En période de guerre, tous les moyens sont mis en œuvre afin de protéger les nations et leur intérêts géopolitiques. Si ce monsieur a eu l'ordre d'effectuer une « mission » de sécurité nationale, il est capable d'effectuer ce type de crimes.
— Pensez-vous que l'accusé est capable physiquement d'effectuer un double homicide, déplacer méticuleusement les corps, nettoyer les empreintes, voler les objets de valeur et repartir à l'aéroport en un temps très court ?
— Objection monsieur le juge ! Rien n'indique qu'il a effectué cela en un temps précis puisqu'il fut arrêté à 19h00 et la présence de la nourrice est constatée depuis 9h00 du matin.
— Acceptée maître Marignan, tenez-vous en au fait je vous prie monsieur le procureur.
— Très bien.
— J'ai analysé le rapport de police ainsi que les témoignages et la probabilité que l'accusé ait commis ce crime est faible.
— Pourquoi cela ?
— Le patient a une mobilité réduite due à une blessure à la jambe, il boite et présente notamment des troubles nerveux du bras droit, un handicap important.

Les deux victimes ont subi un coup à bout portant dans la tête, il faut être d'une habilité importante pour exécuter ce type d'actes. Si l'on suppose que l'armée Croate a envoyé cet homme effectuer cette mission, je ne vois pas l'intérêt d'envoyer un individu à la capacité réduite effectuer une mission aussi risquée.
— Vous constatez donc qu'il est possible que cet homme ait commis ce double meurtre ?
— Un entrainement ainsi qu'une collaboration sur place peuvent néanmoins lui permettre d'effectuer cet acte. Je sais cet homme capable de le faire malgré son handicap.
— Je n'ai plus de questions monsieur le juge.
(Le procureur reprend sa place et Edouard se lève pour l'interroger. Le colonel nettoie la sueur sur son front et fuit du regard l'avocat, le juge est étonné de la réaction de Petrović et prête une attention particulière à l'audition) :
— Qui êtes-vous monsieur ?
— Pardon ?!
— A vous entendre, je n'ai pas l'impression que vous êtes son ancien supérieur hiérarchique qui l'a sauvé d'une tentative de suicide.
— Est-ce que ma relation avec monsieur Kalinić doit fausser mon témoignage ? S'il est coupable ou innocent m'importe peu, nous sommes ici pour retrouver le coupable de cet odieux crime et si c'est lui qui a fait ça, je ne vais pas le couvrir.
— Ce n'est pas ce qu'on vous a demandé monsieur Petrović, faites preuve de retenu envers un homme qui a servi l'armée Croate en homme intègre. Il a permis à de nombreuses reprises de sauver des vies et malgré cet événement tragique, a servi avec honneur et entrainé dans cette histoire contre son gré.
— Objection !
— Maître Marignan…
— Monsieur Petrović, ou étiez-vous le jour du double homicide ?
— Quoi ?!
— Répondez monsieur Petrović.
— A l'ambassade de Croatie à Paris.
— On peut savoir l'objet de votre venue ?
— Qu'est-ce que vous insinuez par la ?!
— Monsieur Petrović !
— Je veux comprendre monsieur le juge !
— Vous êtes assigné à témoigner à la cour d'assises, si une irrégularité est constatée, je ferai le nécessaire donc répondez aux questions.
— J'étais missionné par le ministre de la défense Croate pour un audit sur la sécurité de l'ambassade.
— Vous n'êtes pourtant plus en service depuis votre retraite si je ne me trompe ?
— Est-ce que vous travaillez pour le gouvernement Croate ?
— La dernière fois que vous avez vu monsieur Kalinić ?

— C'était-il y'a un peu plus d'un an pendant la cérémonie des anciens combattants de l'armée Croate à Zagreb.
— Pouvez-vous expliquer l'objet de votre entretien en privé pendant cette cérémonie ?
— Je voulais prendre de ses nouvelles et voir comment il s'en sortait depuis sa tentative de suicide.
— C'est tout ?
— Affirmatif.
— Selon l'accusé, vous lui avez proposé de participer à une mission d'ordre confidentiel mais il a refusé votre proposition.
— C'est un mensonge !
— Passons… Pourquoi avez-vous tenté de joindre au téléphone monsieur Kalinić le soir du double homicide ?
— J'ai su qu'il était à Paris et j'ai voulu l'inviter au restaurant.
— Vous voulez nous faire croire que vous n'étiez au courant de rien concernant cette affaire impliquant monsieur Kalinić ?
— Si vous avez la moindre preuve de mon implication, je suis à votre disposition.
— Pourquoi est-ce que vous pensez l'accusé capable de commettre ce double meurtre ?
— Vous me demandez s'il a la capacité de le faire, je réponds simplement que oui. Il n'a pas quitté la Croatie depuis la fin du conflit entre la Serbie et la Bosnie. Que fait-il à Paris alors qu'aucune mission diplomatique ne lui a été transmise ?!
— Vous aussi d'ailleurs…
— Je suis un colonel de l'armée, je suis au service de ma patrie jusqu'à ma mort ! Pensez-vous une seule seconde que je sois venu ici en sachant que l'un de mes compatriotes allait être condamné dans un double homicide !
— Accusé monsieur Petrović, accusé… Ne l'enterrez pas trop vite.
— …
— Une dernière question, Pouvez-vous nous expliquer ce conflit né après le refus de monsieur Kalinić du mariage de votre fils avec sa fille ?
— Quel est le rapport ?
— Vous avez le désir de vous venger de monsieur Kalinić parce qu'il a refusé la demande de votre fils, c'est bien ça ?
— Je n'ai pas de lien avec cet homme, je lui ai sauvé la vie et il ne m'a même pas remercié, je me suis occupé de lui en prenant soin de sa famille et en l'aidant à redresser la barre. J'ai demandé à cet homme supposé intègre de faire partie de la famille et il a refusé, c'est son choix et je le respecte.
— Pourquoi est-ce qu'il a refusé à votre avis ?
— Posez-lui la question, il est à coté de vous.

— Vous êtes connu pour avoir une sale réputation au sein de l'armée, le massacre de Srebrenica, vous vous en rappelez ? Laissez-moi vous rafraîchir la mémoire…
— Vous n'avez aucune preuve !!!!
— Selon le rapport d'enquête de l'O.N.U , il est confirmé que certains membres de l'armée Croate avaient connaissance et fermaient les yeux sur le massacre d'enfants jetés dans des crématoriums.
— Je n'ai rien à voir avec le meurtre d'enfants !
— La seule personne ici à pouvoir tuer un enfant c'est vous monsieur…
— Objection monsieur le juge !
— Maître Marignan !
— Je n'ai plus d'autres questions monsieur le juge.
— La séance est levée !

(Le juge signe la fin d'une étape importante du procès, Edouard quitte la salle en compagnie de son épouse et Damien qui quadrille la zone, accompagné de plusieurs policiers. Petrović quitte la salle d'audience et se dirige précipitamment vers l'avocat en tentant de le frapper mais repoussé par la police qui l'escorte vers son véhicule , la situation reprend son calme et le procès est ajourné sous un temps pluvieux)…

Chapitre 12 : Qoris

(Virginie est cloîtrée à la chambre d'Hôtel des Deux Îles située au IVème arrondissement de Paris. Le G.I.G.N a placé plusieurs membres de son unité aux alentours. En sortant pour se rendre au troisième jour du procès avec son garde du corps, une voiture noire aux vitres teintées traverse la route et s'arrête à côté d'elle, une vitre se baisse et une femme interpelle l'avocate) :

— Bonjour madame Mercier.
— Vous êtes ?
— Anastasia Yuri, pourrais-je m'entretenir avec vous ce soir ici même ?
— Qu'est-ce que vous me voulez ?
— Vous serez intéressée par ce que je vais vous dire, croyez-moi.

(Deux membres du G.I.G.N sortent d'un fourgon cagoulés et armés de fusils d'assaut puis se précipitent vers la voiture en braquant leurs armes, l'un des policiers s'avance en s'adressant à Anastasia) :

— Sortez du véhicule !
— Qu'est-ce que nous avons fait ?
— J'ai dit sortez du véhicule !

(Anastasia ouvre la portière et sort en levant les bras et affichant un sourire décontracté, un membre du G.I.G.N retourne la femme avec virulence et la met en position de fouille. L'autre policier effectue un contrôle du véhicule et ordonne au chauffeur de sortir lui aussi et procède à la fouille au corps. La scène est filmée par des passants, ce qui a le don d'irriter la principale intéressée qui demande d'intervenir mais sans succès) :

— Vous pouvez la laisser, s'il vous plaît ? J'aimerai m'entretenir avec elle si possible.
— Cette femme présente un comportement suspect, je vous conseille de vous rendre au procès madame Marignan.
— Je suis d'accord mais j'aimerai juste que vous acceptiez de la laisser entrer ce soir à la chambre d'hôtel.
— C'est risqué Madame !
— Si elle se présente ici, en sachant que je suis sous surveillance, c'est qu'elle est sûre que vous n'allez rien trouver.
— Nous allons l'emmener pour un interrogatoire.
— Et pour quel motif ? Vous risquez le vice de procédure avec une diplomate, je vais écouter ce qu'elle va me dire ce soir et vous interviendrez en cas de problèmes.
— Vous êtes sûr ?
— L'hôtel est ultra sécurisé et elle ne présente aucun signe de menace, je vous fais confiance pour assurer ma sécurité.
— Très bien Madame Marignan.

(Virginie se rend à son véhicule puis se dirige vers le tribunal pénal de Paris en compagnie du garde du corps qui choisit lui aussi un itinéraire différent afin de

brouiller les pistes. Le procès reprend et l'audition de deux témoins est à l'ordre du jour. Edouard commence par présenter son premier témoin a la barre) :

— Madame Truchaud, pouvez-vous nous indiquer l'objet de votre présence près du domicile de la famille Marignan ?
— Je suis factrice à la poste de Neuilly-Sur-Seine, j'ai effectué ma tournée quotidienne dans les environs lorsqu'un homme au costume noir ouvre le grillage avec des gants noirs, une carrure imposante. Il prend son véhicule modèle Lexus noir à la plaque d'immatriculation difficilement déchiffrable puis dévale la rue. J'étais sur le trottoir en face et j'ai pu observer son passage depuis l'endroit où j'étais en train de distribuer le courrier. Je connais cette famille et j'ai l'habitude d'échanger avec la nourrice ainsi que Madame Virginie Mercier.
— Qu'est-ce qui vous a poussé à contacter le commissariat de Neuilly-sur-Seine ?
— Le comportement de l'individu, d'habitude, la personne qui quitte le domicile de la famille Marignan est accompagnée soit par vous monsieur Marignan, votre épouse ou la nourrice que je connais bien. Cet individu a quitté précipitamment le lieu, seul et effectué un démarrage en trombe. J'ai compris dès lors qu'une situation anormale venait de se produire. J'ai cru en premier lieu à une tentative d'effraction mais constatant qu'aucune trace d'une quelconque intrusion avait eu lieu, j'ai préférée m'en assurer en contactant la police.
— Pouvez-vous nous décrire cet individu ?
— Il était courbé, à la corpulence mince et boitait.
— Madame Truchaud, pouvez-vous nous indiquer l'heure à laquelle cet individu a quitté le domicile de monsieur Marignan ?
— Il était environ 10h00.
— Était-ce votre travail que de distribuer le courrier à cette heure ?
— Je ne vois pas où vous voulez en venir ?
— Répondez à ma question.
— Non, j'ai dû remplacer un collègue malade qui était du matin ce jour-là.
— Qui était informé de votre prise de poste ?
— J'ai dû m'occuper de le remplacer, une chose habituelle au sein de la poste.
— Donc personne ne peut confirmer votre présence dans le secteur cet heure-là ?
— Mon responsable oui.
— Peut-il confirmer votre présence dans le quartier à ce moment précis des faits ?
— Non.
— Pouvez-vous me décrire l'aspect vestimentaire de la personne qui a quitté le lieu ?
— Il avait une longue veste noire qui recouvrait son corps et un chapeau noir qui recouvrait son visage donc je n'ai pas pu le voir à ce moment-là.
— De quel côté du véhicule s'est-il placé pour conduire le véhicule ?

— Côté gauche comme nous tous.
— Il a donc inséré la clé de contact du coté habituel d'un conducteur ?
— C'est exact oui, enfin, c'est ce que je suppose.
— A-t-il mis du temps à démarrer le véhicule et à quitter le lieu ?
— Non.
— Si une personne avec un handicap du bras droit et de la jambe comme mon client, comment vous pouvez dire qu'il présentait un handicap ?
— Il avait l'air de boiter…
— Ne serait-ce pas un témoignage biaisé qui nous est présenté ?!
— Objection !
— Vous n'avez pas besoin monsieur le procureur, je pense que maître Marignan sait qu'il a dépassé les bornes !
— Monsieur le juge, ce témoin nous apporte une audition toute faite qui tente d'incriminer mon client en faisant un lien avec ses problèmes de mobilité et cet individu qui subitement réussit à s'enfuir aussi rapidement que l'éclair.
— Je ne mens pas monsieur Marignan ! Je vous jure que je l'ai vu boiter en quittant votre domicile
— Peut-être qu'il a subi une blessure en quittant mon domicile ?
— C'est possible …. Je ne tente pas de fabriquer un témoignage, je vous dis simplement ce que j'ai vu, je n'ai aucun intérêt à mentir !
— Je n'ai pas remis en doute votre témoignage, je vous demande d'apporter des éléments précis madame Truchaud. Maintenant dites-moi ce que vous avez vu au départ du véhicule ?
— C'est-à-dire ?
— Le modèle du véhicule ?
— Il me semble que c'était une Lexus noire.
— En êtes-vous sûre ?
— Il me semble … C'est allé si vite, vous savez.

(Edouard affiche une photo d'un véhicule en cachant la plaque) :

— C'est un véhicule comme celui-ci ?
— Oui !
— Ceci est un modèle D.S-9 qui a été identifié par moi-même lorsque j'ai poursuivi un véhicule matriculé diplomatique sur la route qui menait vers le commissariat de Neuilly-Sur-Seine.
— Qu'est-ce que vous essayez de prouver maître ?!
— Monsieur le juge, j'essaye d'éclaircir les points d'ombre de cette affaire, on essaye de monter une scène de crime toute faite avec un coupable idéal et un véhicule qui n'a pas été identifié à 10h00 mais à 16h00 par moi-même.
— Remettez-vous en doute le travail des enquêteurs ?
— Nous sommes ici pour que ce procès se déroule de manière à ce que les preuves concordent avec ce double homicide.
— Je conçois … Continuez je vous prie.
— Avez-vous vu une autre personne sur les lieux après la fuite de l'individu ?

— Rien à signaler monsieur Marignan. J'ai terminé la tournée et je suis repartie au bureau comme d'habitude.
— J'en ai fini monsieur le juge.

(Le procureur se lève et regarde avec mépris Edouard qui fait mine de ne pas le remarquer et va s'asseoir en scrutant les documents sur la table) :

— Madame Truchaud, pourquoi est-ce que vous insistez sur son handicap physique ?
— Lorsqu'une scène comme ça se déroule sous vos yeux et que vous apprenez plus tard cet horrible crime, vous passez la majeure partie de votre temps à essayer au maximum de reconnaître la personne. Je m'accroche à ces éléments pour la simple raison que ce sont les plus visibles.
— Pouvez-vous nous dire si l'accusé ici présent ressemble à l'individu ?
— Objection ! Cette question est sans fondement !
— Refusé maître Marignan. Vous pouvez répondre.
— Je ne sais pas si ce détail est important mais j'ai constaté qu'il a ouvert la portière avec la main gauche, je l'ai signalé à police.
— Pourquoi est-ce que ce détail vous semble important madame Truchaud ?
— Ben l'accusé présente des anomalies au niveau de son bras doit alors j'ai…
— Objection votre honneur !
— Acceptée cette fois-ci, madame Truchaud, veuillez-vous en tenir aux faits et ne pas entrer dans des suppositions en liant les éléments de preuve, c'est à nous de faire ce travail.
— D'accord monsieur le juge.
— Je n'ai plus d'autres questions.

(Le témoin quitte l'estrade et remplacé par le second témoin, une femme de forte corpulence, elle s'assied et en larmes puis se mouche le nez. Le juge lui demande si elle peut poursuivre l'audition et cette dernière confirme en hochant la tête. Le procureur se rapproche et interroge le témoin):

— Madame Qoris, je souhaitais tout d'abord vous présenter mes condoléances pour le décès de votre fille.
— Merci.
— Pouvez-vous nous dire quand avez-vous pour la dernière fois été en contact avec la victime ?
— La veille au soir chez nous, elle devait préparer ses examens d'études, elle profitait de son temps avec Béatrice pour réviser ses cours puisque la défunte fille de la famille Marignan était si sage qu'elle ne s'occupait presque pas d'elle. Elle n'avait plus besoin de travailler puisque le salaire versé par la famille Marignan couvrait tous ses besoins. Je lui ai demandé pourquoi elle continuait de s'occuper de Béatrice à l'approche des examens qui lui prenaient énormément de temps, elle me répondait qu'elle s'était attachée à cet enfant, qu'elle la considérait comme sa petite sœur.

(Edouard est assis, les larmes aux yeux, écoutant la mère de sa nourrice dépeindre la relation avec sa fille tout en continuant d'effectuer des notes sur un

cahier. Virginie ne cesse de pleurer au point de quitter la salle, accompagnée par Frédéric qui la soutient depuis le début du procès. Le procureur continue l'audition) :

— Est-ce que votre défunte fille a parlé d'une quelconque chose qui la gênait au cours de sa vie ?

— Pas particulièrement, elle m'a parlé de quelques situations qu'elle a vécu ses derniers mois qui lui ont paru bizarre et puis sa vie d'étudiante était si chargée qu'elle n'a porté aucune attention particulière par la suite.

— Pouvez-vous détailler s'il vous plaît madame Qoris ?

— Un jour, alors qu'elle s'apprêtait à rentrer à son appartement étudiant, un homme s'est approché d'elle et a tenté de lui dérober son sac devant le campus. Elle s'est débattue puis un autre individu lui a porté secours en intervenant avec rigueur et en frappant cet homme avec virulence. L'agresseur a fui et l'homme s'en est allé.

— A-t-elle tenté d'interroger cet homme ?

— Oui, elle s'est mise à le poursuivre et l'a retenu par le bras afin de le remercier, ce dernier a repoussé sa main et est parti rejoindre son véhicule sans rien dire.

— Pouvez-vous nous indiquer les éléments qu'elle vous a donné pour tenter de l'identifier ?

— Elle m'a très vaguement parlé de cet homme qui lui semblait être familier.

— C'est-à-dire ?

— Elle m'a dit que son style vestimentaire lui rappelait quelqu'un mais sans pouvoir vraiment identifier cet individu.

— Avait-il une particularité ?

— Il boitait du pied droit, c'était la seule particularité qu'elle notait.

— Je n'ai plus de question monsieur le juge.

(Edouard se lève et se dirige vers le pupitre, l'expression de Marie Qoris change tout à coup, l'avocat tente d'interroger le témoin mais cette dernière lui coupe la parole) :

— Vous êtes un monstre !

— Pardon ?!

— Défendre le meurtrier de ma fille et oser vous présenter devant moi !!!!

— Madame Qoris, calmez-vous !

— Monsieur le juge, je demande de reporter l'audition, je ne peux pour le moment pas répondre à cet homme face à moi.

— La séance est ajournée à demain matin, madame Qoris et maître Marignan, venez à mon bureau immédiatement !

(Le juge se lève de son fauteuil ainsi que le témoin, Edouard lui reste assis à scruter les documents remis par son assistant et prend son temps avant de les rejoindre. Il entend soudain un échange de cris et il se précipite en direction de l'entrée de la salle d'audience, l'avocat assiste à une dispute entre Marie Qoris

et Virginie. Il s'interpose entre les deux personnes et parvient à les séparer, Edouard place son épouse derrière lui et fait reculer la mère de la victime) :

— Votre fille aurait honte de vous voir vous comporter de la sorte !

— Qu'est-ce que vous en savez de ce que ma fille aurait ressenti ?!

— Bien plus que vous et votre mari ! Je suis ici pour débusquer le véritable meurtrier ! Votre fille n'était pas heureuse alors arrêtez de faire la donneuse de leçons, je l'ai élevée comme ma propre fille !

— De quoi vous vous mêlez ?!

— Vous pensiez que j'allais me taire sur le viol de Nathalie ? J'ai confié le dossier à mon cabinet qui va lancer une procédure. Vous pleurez pour votre fille mais ça ne vous gênait pas de vous taire sur les exactions de votre mari !

— Pourquoi est-ce que vous en parlez que maintenant ?!

— Ce n'est pas le moment ! Le meurtrier est assis tranquillement à nous voir nous disputer alors qu'il sait pertinemment que l'on va s'éloigner de lui si cet homme est condamné.

— En défendant le meurtrier de ma fille ?! C'est lui le meurtrier !

— Il a été piégé ! Même s'il avait commis cet homicide, ce n'est pas lui qui a donné l'ordre, c'est un exécutant !

— Je veux le voir croupir en prison !

— Laissez-moi faire mon travail !

(La discussion n'éteint pas la colère de Marie qui préfère ne pas poursuivre et se dirige vers les toilettes. Edouard marche en direction du bureau du juge en compagnie de Virginie en pleurs et consolée par son mari qui la prend dans ses bras. Elle tente de lui parler mais ce dernier lui demande de ne rien dire en présence des personnes présentes. Le juge ouvre la porte et demande à l'avocat d'entrer au bureau lorsqu'un policer arrive précipitamment) :

— Qu'est ce qui se passe ?!

— Monsieur le juge, il semblerait que le témoin qui devait se présenter pour l'audience s'est donné la mort dans les toilettes !

— Quoi ?!

(Edouard se précipite sur le lieu du drame et trouve du sang partout du côté femmes des toilettes. Il est retenu par l'inspecteur Lambert qui lui demande de le suivre au bureau du juge. Virginie est emmenée par Frédéric dans la voiture et escortée à l'hôtel où elle réside. Au sein du tribunal pénal de Paris, une réunion d'urgence entre les différents corps de sécurité se met en place afin de sécuriser le palais de justice. L'avocat est sommé par le juge de s'asseoir, en colère, il jette ses clefs sur le bureau puis s'assoit en regardant Edouard, ce dernier se tient la tête dans les mains):

— Qu'est ce qui s'est passé ?!

— Une dispute a éclaté entre mon épouse et la mère de la victime, j'ai évoqué une autre affaire et elle a sûrement mis fin à ces jours par rapport à ce que j'ai dit.

— Quelle affaire ?

— Nathalie a mis du temps à parler mais elle n'a pas pris cette chambre d'étudiant afin de se rapprocher de la faculté mais pour s'éloigner de son père qui l'a violée durant sa jeunesse. Sa mère l'a su mais elle n'a rien fait, elle a tenté de se suicider et sa mère a continué à nier tout en demandant à sa fille de supporter et qu'elle avait subi la même chose lors de sa jeunesse mais qu'elle ne devait rien dire de peur de détruire la famille. Un jour alors qu'elle venait s'occuper de Béatrice, je lui ai demandé pourquoi elle ne souriait jamais, elle voulait parler à quelqu'un mais ne savait pas comment exprimer ses souffrances. Virginie, mon épouse, l'a convaincu de nous faire confiance et elle en a parlé, un mois avant son décès. J'ai alors pris l'initiative de porter l'affaire en justice et je l'ai installé à mon domicile de peur que l'affaire la pousse à tenter à nouveau de se suicider. J'en ai parlé à Madame Qoris devant le palais et je n'aurais pas dû, j'étais pris de colère lorsque j'ai vu qu'elle allait compromettre le procès avec son témoignage qui pourrait défendre son mari contre une possible accusation de double homicide.
— Vous pensez que ces meurtres ont un lien avec le père de Nathalie ?
— Je ne sais pas.... Ce que je sais c'est que la personne qui est assise à la cour est innocente, quelqu'un l'a mis ici pour éviter qu'on cherche ailleurs.

(Le juge s'affale sur son fauteuil et se retourne vers la fenêtre, de longues minutes de silence viennent s'installer en plein milieu d'une situation exceptionnelle qui se présente. L'inspecteur est assis lui aussi à observer la scène de loin et le juge s'adresse directement à lui) :

— Qu'est-ce que vous pensez de cette affaire inspecteur ?
— Si vous voulez mon avis, il vaut mieux ajourner ce procès et continuer l'enquête, cette affaire demande plus de recherches. D'un autre côté, si nous faisons cela, nous risquons d'éloigner les commanditaires qui ont sûrement prévu un plan B au cas où l'accusé s'en sortirait.
— Vous voulez dire que l'accusé est un pantin ?
— Pire que ça, je suis du côté d'Edouard, cet homme a été piégé. Si c'est lui qui a commis ces crimes, il n'en reste pas moins une victime et n'est pas à l'origine de la préméditation de ces meurtres. L'implication du père de Nathalie est improbable et surtout quel est l'intérêt de la faire tuer chez l'avocat le plus médiatisé de France ? Le procès doit se poursuivre, nous attraperons les commanditaires si nous avons les capacités de le faire.
— C'est-à-dire ?
— Il y'a des diplomates mêlés à cette affaire, la voiture qu'a poursuivi Edouard jusqu'au commissariat. Ce supposé coupable qui vient de Croatie, le lien avec l'affaire des attentats, tout ça est lié, j'en suis persuadé.
— Et vous Edouard ?
— Je suis du même avis, on nous empêche de faire notre travail car ils savent pertinemment que je suis capable d'innocenter cet homme.
— Etes-vous prêt à poursuivre ce procès ?
— Oui.

— Je vais accepter votre requête et laisser le procès se poursuivre, c'est la dernière fois que je vous reçois ici pour un problème de ce type maître Marignan.
— Bien noté.
— A demain messieurs.

(La réunion prend fin autour de la reprise du procès, le tribunal est quadrillé et le corps de Marie Qoris est transporté par l'ambulance sous le regard d'Edouard qui constate la conséquence de ses actes qui ont conduit à la mort d'un des témoins de l'affaire. Damien tire l'avocat par le bras et l'emmène à bord de son véhicule) ...

Chapitre 13 : Enquête

(Virginie est repartie en Vendée afin d'assister aux funérailles de sa mère qui décéda quelques mois après René. Edouard se trouve à son domicile en train d'éplucher les dossiers sur l'affaire des attentats en Europe et reçoit la visite de l'inspecteur) :

— T'as l'air mal en point Edu, tu ne veux pas prendre un peu de repos ?
— Je ne me reposerai que lorsque je saurais qui a tué ma fille…
— Ce n'est pas en t'acharnant au travail que tu feras de ton mieux.
— Je sais Damien… J'en ai marre aussi mais je n'ai rien d'autre à faire. Ma femme pleure la mort de sa mère, on veut ma peau et je n'ai franchement pas envie de sortir en ce moment… Je me demande surtout pourquoi toi tu es ici ?
— Je te rappelle que j'ai ta surveillance comme priorité numéro un… mais en vérité, ça ne va pas trop chez moi donc bon.
— Tu peux m'en parler, y'a aucun problème.
— Ma femme a peur, on ne fait que se disputer, la peur qu'on subisse la même chose que ta famille.
— Pourquoi est-ce que tu continues alors ?
— Aucun flic n'accepterait de te protéger, impopulaire, critiqué, ciblé…. Je veux juste que l'on retrouve ces pourritures qui ont commis ces attentats ! J'y ai perdu des collègues !
— Je comprends.
— C'est dans ces moments-là qu'on voit qui sont faits pour protéger ce pays, qui se bat pour la vérité. Tu as subi de lourds dommages pour avoir fait correctement ton travail … Le commissaire de Neuilly-Sur-Seine s'est senti responsable de ne pas avoir vu le coup venir, pourtant, tout laissait croire que des conséquences allaient découler de cet acquittement.
— J'espère juste que les procès ne laisseront pas de séquelles.
— Les conséquences de l'abandon des commanditaires est pire que de poursuivre, se sentir capable d'attaquer la France et s'en sortir est un aveu d'échec que nous ne pouvons pas nous permettre.
— Quels sont les derniers éléments de l'enquête ?
— Comme indiqué dans le dossier que je t'ai transmis, 11 individus dont 6 hommes et 5 femmes sont directement liés aux appels émis depuis l'étranger et organisés conjointement entre des organisations secrètes Russes, Chinoises et Iraniennes basées en Afghanistan.
— L'origine ?
— Un conflit né il y'a un peu plus de 10 ans maintenant, l'Europe est accusée d'avoir vendu des armes à certaines milices au sein de leur pays et ont décidé de retourner ces groupes contre nous. Le but de faire inculper des individus qui n'ont pas de lien avec cette affaire allait dans ce sens, étouffer l'affaire.
— La suite Damien ?

— C'est terminé pour nous, l'enquête a été confiée aux services de renseignements français, ça n'est plus de notre ressort. Il ne reste plus que ce procès et nous en avons terminé.
— Je crois que cette fois-ci, un procès national aura plus de retentissement qu'une affaire internationale.

(L'inspecteur reçoit un appel et active la transmission, son expression change. Edouard continue d'éplucher le dossier ainsi que les pièces à conviction, Damien se lève et se dirige vers la porte de sortie) :

— Un problème Damien ?
— J'ai une urgence à régler.

(L'inspecteur prend son véhicule puis se dirige vers la préfecture de police de Neuilly-Sur-Seine, se gare devant le bâtiment puis rejoint le bureau du médecin légiste. Ce dernier se trouve devant la porte en compagnie de plusieurs personnes lorsqu'il aperçoit Damien, lui demande d'entrer dans le bureau puis referme la porte derrière lui) :

— Monsieur Lambert, j'ai dû prendre mon temps afin de vérifier chaque élément de la scène du crime au domicile de la famille Marignan. Je préfère que ceci reste entre nous pour le moment jusqu'à ce qu'on puisse établir véritablement le profil du criminel.
— Pourquoi est-ce que vous avez demandé à me voir ?
— Selon le déroulement du crime et la concordance des faits, les éléments de l'enquête tendent à prouver que l'accusé ne pouvait pas se trouver sur place au moment des faits, je suis presque sûr que c'est Edouard Marignan lui-même qui a effectué ce double homicide.
— Quoi ?!
— Nous avons écarté cette piste dès le début de l'enquête car nous étions focalisés sur l'affaire des attentats et un lien entre ces deux affaires. J'ai néanmoins réouvert le dossier afin d'enquêter sur cet accusé qui se trouve être un vrai héros en Croatie. J'ai donc creusé et ausculté le corps des victimes et c'est bien l'avocat le présumé coupable.
— C'est impossible !

(Le médecin légiste demande à l'inspecteur de le rejoindre à la salle d'autopsie, deux corps sont couchés sur une table d'opération, il s'agit de Nathalie Qoris et Béatrice Marignan. Benjamin Lorin enfile des gants et prend un scalpel et demande à Damien de se rapprocher) :

— Plusieurs éléments me permettent d'étayer cette thèse, premièrement, les deux coups reçus derrière la tête ne sont pas les causes de la mort mais bien une tentative de couvrir ces deux traces d'étranglements autour du cou survenus avant. Un bâton ou une batte de baseball a provoqué l'hémorragie interne, les étranglements sont eux la source qui a causé la mort de ces deux victimes.
— Comment avez-vous fait le lien avec Edouard Marignan ?
— A part le suspect identifié qui a pris la fuite, aucune personne n'est signalée au domicile des Marignan sauf ?

— Edouard lui-même !
— Virginie ne pouvait pas être l'autrice de ce crime car elle était à son bureau à ce moment-là. Il est sorti de l'hôpital à 15h30, j'ai contacté le médecin sur place qui a confirmé une erreur sur l'inscription de sortie, il a signé et mis lui-même l'horaire alors que les vidéos de surveillance montrent clairement qu'il a quitté le lieu à ce moment précis.
— C'est peut-être une autre personne ?
— Aucune trace d'effraction, les victimes ne se sont pas débattues, aucune trace d'affrontement, elles connaissaient l'assassin puisque la scène du crime ne comportait aucun élément qui montre une quelconque bagarre ou l'intervention d'une personne extérieure. Nous n'avons pas fait de lien sur les empreintes d'Edouard à son domicile mais il y'en a même sur les vêtements de Nathalie Qoris.
— Y'a-t-il des traces d'agressions sexuelles ?
— Du sperme retrouvé au lit du couple et du liquide séminal de Madame Qoris.
— Une relation ?
— Possible, je n'écarte aucune thèse monsieur Lambert mais je ne suis pas enquêteur, je vous donne les éléments que j'ai en ma possession. Vous êtes chargé de cette affaire et vu votre implication à la protection de monsieur Marignan, je me dis que vous êtes assez honnête pour faire le nécessaire.
— Merci docteur, veuillez me transmettre par courriel tous les éléments que j'ajouterai au dossier d'enquête et garder cette discussion confidentielle, je vais profiter de ma proximité avec Edouard Marignan pour faire ma propre enquête et tenter avant la fin du procès d'apporter assez d'éléments pour le mettre en état d'arrestation.
— Veuillez noter monsieur Lambert que je n'incrimine pas monsieur Marignan, il n'a pas tenté de fuir, il défend un homme car il se dit qu'il est innocent. Je le trouve assez honnête et loin de moi l'idée d'imaginer qu'il ait pu commettre ce genre de crimes. Il a peut-être été piégé alors faites attention à ne pas commettre l'irréparable c'est-à-dire mettre en prison un innocent.
— Vous vous êtes confié à moi car vous saviez aussi que mon lien avec cet homme va me permettre d'avoir la neutralité nécessaire. Ai-je tort ?
— C'est bien cela, vous êtes l'inspecteur chargé de cette enquête mais en plus, vous avez pu le côtoyer assez de temps pour le comprendre. Je suis à disposition si vous souhaitez que j'apporte une aide dont j'ai la compétence, vous avez mon soutien.
— Merci docteur, je dois m'en aller.

(L'inspecteur traverse le couloir puis s'arrête quelques minutes avant de monter dans sa voiture, il allume une cigarette et reste assis sur le capot en essayant de comprendre ce qu'il se passe, il monte rapidement dans sa voiture a l'approche d'une pluie torrentielle qui submerge la rue) ...

Chapitre 14 : Friedrich

(Le procès reprend au tribunal de Paris, Edouard est accompagné par l'inspecteur devant le palais de justice où se meute une horde de journalistes venu s'entretenir avec l'avocat désormais célèbre pour avoir permis l'inculpation des vrais commanditaires des attentats visant l'Europe. Damien ainsi qu'une dizaine de policiers permettent le passage vers la salle d'audience. Virginie est accompagnée d'Amélie venu soutenir sa sœur dans cette bataille judiciaire. L'inspecteur laisse l'avocat s'occuper du procès après s'être assuré qu'il est bien sous protection policière. Arrivée au domicile des Marignan, il examine l'ensemble du lieu afin de permettre le retraçage des éléments à sa disposition. Il pénètre au rez-de-chaussée et tente de relever des empreintes ou quelconque indice permettant d'innocenter celui qu'il considère comme un héros à ses yeux. Il monte les escaliers puis rentre dans la chambre de Béatrice en premier, il enfile des gants et commence par le lit et trouve une ouverture à l'intérieur. Il rentre sa main et trouve un objet qu'il sort, un cahier qu'il ouvre et découvre des écritures d'une langue étrangère avec des traces de sang et de cheveux qu'il décide de mettre dans sa poche. Ne trouvant rien de plus, Damien entre ensuite dans la chambre de l'avocat et fouille minutieusement jusqu'à trouver des sachets de pilules et un autre cahier contenant des écrits cette fois-ci en langue Française. Il décide de photographier toutes les pages contenant des écritures et de le reposer à son emplacement. Après avoir examiné toutes les pièces une par une, l'inspecteur repart en direction du tribunal en faisant en sorte de déposer les éléments au bureau du médecin légiste. Dès son entrée dans la salle, il s'assied auprès du commissaire Polonais a qui il détaille les nouveaux éléments de l'enquête. L'avocat de la défense s'apprête à interroger le dernier témoin de l'affaire) :

— Monsieur Lorin, avez-vous des éléments à nous apporter concernant les traces d'étranglements constatés sur le cou des victimes ?

— C'est-à-dire ?

— Voici la contre-expertise du médecin légiste monsieur Harvey Orlando, expert Américain spécialiste des homicides à New-York. Selon lui, la mort est survenue bien avant les deux coups portés sur la tête qui a causé selon vous la mort des deux victimes. Des traces d'étranglements, commise par un individu, a provoqué un étouffement.

— En effet, j'ai classé le dossier avec ces éléments comme la première cause du double homicide mais j'ai récemment effectué une nouvelle expertise que j'ai remis hier aux chargés de l'enquête comme nouvel élément de preuve après avoir pu vérifier les causes qui ont entraîné la mort des deux victimes.

— Est-ce que l'accusé ici présent a pu porter ces coups, entrainant la mort des deux victimes ?

— Négatif.

— Pourquoi cela ?

— L'individu qui a effectué cet acte était une personne qui était connue par les victimes, aucune trace d'affrontement. Il se pourrait que le commanditaire ait voulu faire porter le chapeau à l'accusé ici présent, Monsieur Kalinić aurait pu aussi pénétrer au domicile et constater le décès des deux victimes en cherchant les parents et en s'assurant qu'ils soient bien décédés, a porté les deux coups et emporté des objets de forte valeur afin de simuler un cambriolage.
— Quel est l'intérêt ?
— Prouver qu'il a bien effectué sa « mission ».
— Pourquoi n'avez-vous pas apporté ces éléments à la cour ?
— Nous n'avons pas encore rassemblé assez d'éléments pour prouver qu'une tierce personne, connue des victimes ait pu porter ces coups. C'est une affaire complexe puisqu'aucune trace d'une personne extérieure n'est constatée pour le moment.

(Le juge suspend l'audience et convoque le procureur, l'avocat de la défense, l'inspecteur et le médecin légiste a son bureau. Il demande aux individus de s'asseoir et prend la parole d'un ton sec) :

— Je veux des explications ?!
— Monsieur le juge, ces éléments sont apparus hier et sont venus contredire la thèse de l'homicide.
— Dites-moi juste si l'accusé est coupable de ce double homicide !
— Il faut reprendre l'enquête du début et déterminer les causes exactes du meurtre.
— Cette affaire devient une mascarade inspecteur ! Je vais reporter le procès de 2 mois et vous laisser le temps de faire votre travail correctement !
— Monsieur le juge !
— Edouard Marignan ! Je suis à deux doigts de vous expulser de la cour et demander qu'un autre avocat défende monsieur Kalinić alors ne me poussez pas à bout !
— …
— Je reporte le procès a février, vous me faites un compte-rendu sur cette affaire et je déciderai de la date une fois que les éléments seront concordants monsieur Lorin.
— Nous ferons le nécessaire monsieur le juge.

(Le juge demande à Edouard de quitter la pièce en l'accompagnant à la porte, referme la porte derrière lui puis se rassied à sa place, il réfléchit de longues minutes et interroge l'inspecteur) :

— Quelle probabilité pour qu'il soit le coupable ?
— Très forte, j'ai effectué une fouille à son domicile et j'ai trouvé une piste qui corrobore les propos de monsieur Lorin. La chambre de la petite Béatrice, j'ai trouvé un cahier avec des écrits en langue inconnue en plein milieu du matelas de la chambre, des cheveux et du sang. J'ai tout emmené au labo pour compléter l'enquête.
— Est-ce que je dois destituer Edouard Marignan ?

— Son comportement est inapproprié, il n'a pas hésité à demander une autre expertise alors que ces preuves l'impliquent directement. Je ne m'attendais pas à ce qu'il me présente cette contre thèse en plein procès, s'il est coupable, il devrait tout faire pour qu'on ne découvre pas.
— Je vous donne 60 jours pour trouver l'homme qui a effectué ce double meurtre et preuve à l'appui inspecteur Lambert.
— Très bien monsieur le juge.

(L'inspecteur et le médecin légiste quittent le bureau du juge puis se rendent directement au laboratoire inspecter les preuves. Damien contacte le commissaire Polonais chargé de surveiller Edouard lors de son absence, ce dernier indique que l'avocat est rentré à son domicile et continue de travailler dans le salon. Damien lui demande de le rejoindre au sein de la préfecture de police de Paris pour une réunion d'urgence et l'arrivée imminente de policiers qui vont le relayer. Début d'après-midi, le commissaire convoque l'ensemble des membres impliqués dans l'enquête pour faire le point après les indications du juge sur l'ajournement du procès) :

— Messieurs dames, l'enquête prend une autre tournure, il semblerait que de nouveaux éléments tendent vers une forte probabilité que l'avocat soit celui qui a commis le double homicide. Nous attendons le rapport du médecin légiste sur les preuves retrouvées au sein du domicile de monsieur Marignan. Après avoir reçu cette information, le juge a estimé que repousser le procès d'une durée minimale de 2 mois était nécessaire, nous avons donc 50 jours pour clôturer l'enquête. Après cela, il faudra relâcher l'accusé pour vice de procédure.
— Quels sont les pistes à explorer chef ?
— La première est l'avocat, si ce n'est pas lui, creuser du côté de son entourage, une vengeance familiale. Enquêter aussi du côté de la famille de Virginie Mercier, les parents sont morts quelques mois après le double homicide, voyez si un lien existe entre ces décès inexpliqués.
— Très bien.
— Le commissaire Polonais a décidé de retourner à son pays afin de trouver des éléments sur cet accusé avant qu'il ne soit libéré. L'affaire des attentats est sur le point de se conclure, Edouard a lui-même indiqué que les preuves sont indiscutables.
— Le juge le laisse poursuivre le procès ?
— Il préfère le laisser faire son travail Francesca, le renvoyer ne ferait qu'éloigner l'un des principaux suspects, il a confiance en sa capacité à mener la défense de façon exemplaire.
— C'est un risque que de le voir impliqué de la sorte.
— Il est pour l'instant innocent, nous ferons le maximum pour le disculper, il a lui-même demandé une contre-expertise ce qui rejoint la thèse de sa non-culpabilité, ces preuves sont à charge contre lui et il ne s'est pas opposé à les divulguer.
— Est-ce qu'on doit le mettre sur écoute ?

— Toutes les personnes suspectées le seront Bernard, nous devons fournir des preuves et le plus rapidement possible. Utilisez tous les moyens légaux pour mener cette enquête messieurs. Je vous souhaite bon courage et n'hésitez pas à venir à mon bureau si vous avez quoi que ce soit de tangible, une patrouille se tient prête à intervenir pour arrêter le suspect.
— Très bien chef.

(Virginie se trouve quelques jours après l'enterrement de Naëlle à l'hôtel lorsque la réception la contacte pour lui confirmer la venue d'Anastasia à l'entrée et qu'elle désire s'entretenir avec elle. L'avocate s'empresse de descendre à l'aide de l'ascenseur à l'entrée afin de la rejoindre. Cette dernière est assise sur un canapé de la salle de réception, sirotant un cocktail en attendant l'arrivée de son interlocutrice qui se présente à elle une fois venue) :

— Je voulais tout d'abord vous présenter mes condoléances pour votre mère, nous n'avons pas eu l'occasion de nous entretenir précédemment dû aux évènements qui se sont déroulés par la suite et qui m'ont empêché de venir vous voir. Je m'appelle Anastasia Yuri et je suis chargé de vous transmettre un message de mon père Alexander Yuri, il vous demande de venir le voir en Russie.
— Vous êtes ma sœur, c'est bien ça ? René m'a transmis l'information avant son décès.
— Selon mon père, c'est effectivement le cas, toute cette affaire a provoqué des troubles au sein de notre famille, ne supportant pas de voir sa fille loin de lui avant de mourir. Il a décidé de m'envoyer afin de vous convaincre de le voir car ses jours sont comptés.
— Pourquoi ne m'a-t-il pas contacté avant ?
— Il a contacté René afin de savoir si vous étiez informé et ce dernier a répondu par la négative et qu'il allait le faire. Ce jour n'est jamais arrivé et lors du décès de René et le meurtre de Béatrice survenus dans un temps très court, il a préféré intervenir dans cette affaire puisqu'il connait le coupable.
— De quoi est-ce que vous parlez ?
— Est-ce que vous voulez le savoir ici ou vous préférez venir à Moscou afin de visiter votre père ?
— Je ne peux pas abandonner mon époux pendant le procès, je veux le soutenir jusqu'à la fin.
— Quel fin ?
— Du procès qui va se dérouler !
— Le procès est repoussé par le juge car de nouveaux éléments de l'enquête ont démontré qu'Edouard est le suspect numéro un du double homicide.
— Quoi ?!
— Votre mari est embourbé dans une affaire qui le dépasse, il tente d'affronter des personnes intouchables et fait son possible pour les arrêter alors que c'est lui-même qui les a tués.
— Je ne peux pas vous croire ! C'est impossible !

— C'est pourtant le cas, il les a éliminés inconsciemment puisqu'il est manipulé depuis son enfance par une schizophrénie provoquée par un choc émotionnel après la disparition de sa mère et le traitement infligé par son père. Vous connaissez l'histoire, n'est-ce pas ?
— Le lien avec sa maladie ?
— Il est victime de crises d'épilepsie, il entend des voix, il crie la nuit parfois sans raison … Vous n'avez pas fait le lien avec son enfance ?
— Je ne sais que très peu de choses sur son passé.
— Son père l'a inscrit à l'école Friedrich à Lausanne, une école spécialisée dans la recherche biomédicale afin de tester des composantes chimiques capables de décupler les capacités de ses élèves tout en effectuant une éducation à la pointe. Edouard était un enfant intelligent mais son père voulait l'inscrire au sein de l'élite mondiale. Vu sa richesse et le pouvoir qu'il avait et le digne héritier qu'il souhaitait rendre apte à contrôler toutes les entreprises qu'il possédait. Il a intégré son fils malgré une farouche opposition de sa mère Olia Perkov. En tentant de fuir avec son fils en République tchèque, ce dernier la fit assassiner car l'héritage de la famille était plus important que tout. Les expériences sur les enfants ont échoué, une cinquantaine sélectionnée et plusieurs d'entre eux en sont morts, Edouard s'en est sorti mais avec d'importantes séquelles. Une schizophrénie le rendant parfois capable d'agir avec violence sans s'en rendre compte. Ce n'est pas la première fois que ces crises ont provoqué un double homicide.
— Et l'homme qui est accusé du double meurtre ?
— C'est lui qui a porté les deux coups sur la tête, en entrant au domicile et en attendant de vous voir rentrer, il l'a délibérément effectué pour prouver qu'il a atteint ses objectifs. Edouard s'est mis à sa poursuite une fois intercepté devant son domicile, il était persuadé d'avoir le coupable à portée de main et a tenté de lui mettre la main dessus. Si l'on constate qu'il a effectivement tué sa propre fille, il allait de toute façon la perdre puisque cet homme était missionné pour tuer toute la famille Marignan.

(Virginie s'assied sur le canapé et se met à pleurer, Anastasia s'installe à ses côtés et tente de la consoler) :

— Viens avec moi Virginie, viens voir ton père et éloigne-toi de tout ça.
— C'est impossible ! Jamais je ne laisserais l'homme que j'aime seul, il est malade et a besoin de moi.
— Je te conseilles de ne pas parler de cette affaire si tu veux que ton mari ne prenne pas la perpétuité, laisse-le s'occuper du procès et soutiens-le à distance.
— Comment est-ce que mon père connaît cette histoire ?
— C'est René qui a accepté de t'adopter, mon père était en couple avec Naëlle puis ils se sont séparés, Ton beau-père a refusé que tu l'épouses car il connaît cet institut et fut informé qu'Edouard faisait partie d'un sujet d'expérimentation, il ne pouvait pas parler de peur d'avoir des représailles.

— Je refuse pour le moment de venir à Moscou, je dois rester ici et soutenir mon mari, je viendrai avec lui le voir une fois que le procès sera terminé.
— Comme tu veux, je n'ai fait que transmettre le message.

(Anastasia prend son sac et quitte l'hôtel, Virginie elle, monte dans sa chambre et s'enferme à clé. Elle s'allonge et pleure longuement, qu'est-ce qu'elle va faire ? Comment va-t-elle annoncer que son mari est le coupable ? Elle s'endort par épuisement devant la télé) ...

Chapitre 15 : Colombie

(La préfecture de police convoque pour la première fois Edouard Marignan pour l'interroger sur l'affaire en cours. Le commissaire décide lui-même de mener l'audition et convoque dans son bureau l'avocat. Il croise la route de l'inspecteur Lambert qui ne lui adresse pas la parole et qui poursuit son chemin. Arrivés au bureau du commissaire, ce dernier invite Edouard à s'asseoir, il prend un dossier puis s'adresse à ce dernier d'un ton ferme) :

— Monsieur Marignan, je vais être direct, vous êtes ici car l'enquête a été réouverte après de nouveaux éléments découverts récemment.

— Vous me suspectez d'être l'auteur du double homicide, c'est bien ça ?

— Si vous êtes ici, dans mon bureau, c'est pour une raison simple. Les enquêteurs sont chargés d'explorer les pistes et s'acharnent à trouver l'auteur du crime. C'est une question de procédure administrative, si nous ne vous interrogeons pas, ce sera un vice de procédure et vous le savez bien.

— C'est pour cela que je suis venu de mon plein gré, je n'ai rien à me reprocher.

— Ou étiez-vous le vendredi 26 février entre 13h00 et 18H00 ?

— A l'hôpital pour une crise d'épilepsie, j'ai été libéré vers 18H00 par le médecin en chef.

— Selon les vidéos de surveillance monsieur Marignan, vous avez quitté l'hôpital à 14h58 et non accompagné, vous avez pris votre véhicule et la dernière fois qu'on a trace de votre signalement, c'est au commissariat de Neuilly-Sur-Seine.

— C'est impossible !

— Voyez par vous-même.

(Bernard affiche la vidéo de surveillance, l'avocat reste bouche-bée, il ne se souvient plus de ce déplacement et regarde le commissaire avec stupeur) :

— Deuxième élément, comme vous le savez, aucune trace d'effraction n'a été constatée par les enquêteurs. Les objets de valeur dérobés ne démontrent en rien qu'un cambriolage ait pu mal tourner. Les traces de coups portés sur les deux victimes sont les causes des décès comme vous le savez. Ces coups n'ont pas provoqué la mort et l'arme du crime n'a pas été retrouvée. En revanche, toujours selon les éléments de l'enquête, aucune trace d'affrontement ni de résistance de la part des deux victimes n'ont été constatés. Les victimes connaissaient donc l'auteur.

— Il est possible aussi que l'auteur de l'étranglement ait menacé les deux victimes avec une arme.

— C'est possible mais cette thèse est écartée pour le moment. Autre élément de l'enquête, lors des fouilles de votre domicile et l'accès à votre journal intime, plusieurs données ont particulièrement attiré l'attention des enquêteurs.

— C'est-à-dire ?

— Les enquêteurs ont analysée les notes et plusieurs phrases portent à confusion.

— Lesquelles ?

(Bernard affiche à l'écran les pages en question, l'avocat met ses lunettes et regarde attentivement les passages concernés qu'il prononce à voix haute) :

— « J'ai bien conscience que la vie que je mène me poussera un jour à commettre l'irréparable, prendre les affaires avec un tel degré d'implication peut engendrer un sentiment d'injustice lorsque les coupables repartent libres et j'ai le sentiment que les évènements auxquels j'ai participé ont provoqué la mort de ma fille. Suis-je responsable de sa mort ? La conséquence de mes actes sont-ils de nature à provoquer des dégâts considérables ? J'ai causé la mort de ma fille alors suis-je coupable de son meurtre ? ».

— Qu'est-ce que vous avez compris dans ces notes ?

— Le problème qui se pose ici n'est pas ce que vous avez écrit monsieur Marignan, j'ai bien saisi le sens de ces mots mais est ce que le juge comprendra lui ? Tous les éléments vous incriminent et vos problèmes de santé n'arrangent rien. Veuillez lire le deuxième élément, s'il vous plaît.

— « Cette fille semble attirée par moi mais je n'ai pas envie de tomber dans le désir charnel, je suis marié et heureux de vivre une vie de rêve mais pourquoi je pense à elle ? Mes nuits sont hantées par les caresses que je glisse entre ses cuisses, le son de sa voix traverse mes tympans et provoque un désir indescriptible » …

— Je ne comprends pas ?

— Nous avons retrouvé des traces de liquide séminal de Nathalie Qoris et des traces de votre sperme sur votre lit.

— Nan mais vous êtes cinglé ! Je parlais d'une femme que j'ai rencontré au cabinet où je travaille ! Moi coucher avec Nathalie ?!

— Calmez-vous monsieur Marignan ! Je suis ici pour faire mon travail, en aucun cas je vous incrimine. Je vous aurais mis sous arrestation depuis bien longtemps et jamais le juge ne vous aurait autorisé à venir à la barre pour représenter l'accusé.

(Edouard se met à pleurer et se tient la tête dans ses mains, la perte de sa fille et l'accusation du double homicide avec des preuves ne font qu'accabler cet homme, le commissaire verse de l'eau dans un gobelet et lui tend) :

— Vous menez un combat monsieur Marignan, tâchez de rester fort, on tente peut-être de vous faire porter le chapeau vous et monsieur Kalinić.

(Virginie se trouve à l'accueil du commissariat, informée par Frédéric que son mari est suspecté d'être le meurtrier, elle demande à voir Edouard, l'inspecteur Lambert est informé par le policier à l'accueil et descend à l'entrée afin d'intervenir, il se dirige vers celle-ci en la tenant par le bras et l'emmenant devant le bâtiment) :

— Qu'est-ce que vous faites ici ?

— Je suis venu demander qu'on relâche mon mari !

— C'est une procédure habituelle que d'interroger l'ensemble des personnes impliquées dans ce double homicide, vous n'avez rien à faire ici !

— Il doit être interné Damien ! Cet homme est épuisé par tout ce qu'il a vécu et vous en rajoutez !
— On fait notre travail !

(L'inspecteur reprend son calme et tente de raisonner Virginie qui ne cesse de pleurer) :

— On fait tout pour le sortir de la mais la procédure est nécessaire, toutes les preuves le rendent suspect numéro 1. Le commissaire sait qu'une tentative de le faire tomber en est peut être la cause.
— Je suis suspectée aussi ?
— Comme tous les autres, votre famille ainsi que la famille d'Edouard. On fait notre possible pour mettre la main dessus avant le procès. Nos hommes sont sur les nerfs car le juge a donné 60 jours pour boucler l'enquête, nous avons préféré débuter par Edouard pour le disculper et le laisser préparer la suite du procès.
— Qu'est-ce que vous avez contre lui ?
— Des éléments dont je n'ai pas envie de parler madame Marignan, vous saurez tout au moment voulu.
— Dis-moi !
— Des éléments retrouvés à votre domicile font état d'une relation sexuelle entre la défunte Nathalie Qoris et votre mari.

(Virginie met la main devant sa bouche et regarde l'inspecteur qui baisse la tête et fume sa cigarette en détournant du regard) :

— Des notes retrouvées sur son journal intime évoque des désirs et des remords. S'il te plaît Virginie, laisse-moi faire mon travail, je te contacte une fois que tout sera rentré dans l'ordre.

(L'avocate ne dit pas un mot puis retourne dans le véhicule, accompagnée par le garde du corps qui prend la route direction l'hôtel, l'inspecteur retourne au 5ème étage du commissariat où il est interpellé par un policier) :

— Monsieur Lambert, j'ai peut-être une piste qui pourrait vous intéresser.
— Je vous écoute.
— Nous avons reçu un rapport sur le livre que vous avez récupéré dans la chambre de Béatrice, il semblerait que ce soit des incantations en langue Colombienne.
— Qu'est-ce qu'elles disent ?
— Des incantations de protection contre la magie noire.
— D'où peuvent bien venir ces écrits ?
— Il semblerait qu'au sein de la famille Mercier, une femme qui travaille pour eux du nom de Maria Hernandez soit d'origine Colombienne.
— Convoquez-la pour un interrogatoire demain matin.
— Très bien.
— Autre chose ?
— Les coups portés sur les deux victimes, selon l'expert légiste, il s'agirait d'un objet cruciforme.
— Une croix ?

— Probablement, la forme démontre une pointe des deux côtés.
— Un rituel qui a mal tourné ?
— ça expliquerait beaucoup de choses. Le fait que monsieur Marignan ne se souvienne de rien, les traces de sperme et de liquide de madame Qoris dans le même lit.
— Manipulé par de la sorcellerie ? Voyons Raphaël !
— Il ne faut écarter aucune piste…
— J'ai bien compris, explorez cette piste et concentrez-vous uniquement sur ça, je m'occuperai des autres pistes.
— A vos ordres !

(Une policière demande à s'entretenir avec l'inspecteur, ce dernier demande à Raphaël de repartir puis se dirige vers son bureau) :

— Vous avez du nouveau ?
— Trois pistes sont privilégiées pour l'instant, la thèse de l'avocat est à privilégier.
— C'est-à-dire ?
— Il s'agirait d'un règlement de comptes, j'ai épluché les dossiers des dix dernières affaires qui m'ont étés fournies par le cabinet où travaillait monsieur Marignan, un procès a particulièrement attiré mon attention, il s'agit de l'acquittement du gourou de Bruxelles.
— L'affaire Wouters ?
— Exact ! Lors de ce procès, l'accusé a été blanchi pour son implication dans l'incendie d'une structure recueillant les familles « Lumières ».
— La mort d'une dizaine de famille qui se seraient volontairement mises à mort en dévotion pour cet homme qui leur a demandé un sacrifice.
— Pourquoi cette affaire en particulier ?
— Le mode opératoire, les victimes ont été frappées par un objet contendant qui aurait provoqué une mort instantanée.
— Continuez sur cette piste et tâchez de trouver un lien entre ces deux affaires puis continuez d'analyser les affaires qu'a pris en charge l'avocat ainsi que son épouse.
— Il me faut une assistance monsieur.
— Prenez Valentin, il est bientôt mis à la retraite mais il a une expérience hors du commun dans ces affaires.
— Très bien.

(Le commissaire continue l'interrogatoire en présence d'Edouard, les deux individus tentent tant bien que mal de retracer les évènements) :

— Votre relation avec Nathalie Qoris ?
— Elle était comme la sœur aînée de Béatrice, j'ai été informé de son passé et j'ai décidé de la garder à mon domicile afin de la protéger et lui permettre de grandir au sein d'un environnement familial sain. Jamais je n'aurais permis une relation aussi perverse au sein même de mon domicile, c'était une jeune femme brillante et pleine d'avenir.

— Avait-elle des sentiments pour vous ?
— Je ne l'aurais pas gardé à mon domicile si c'était le cas, j'ai déjà piloté des affaires de viols où la victime, par jalousie, avait monté des stratagèmes pour incriminer certains hommes. Je ne dis pas que tous les hommes sont innocents mais j'ai défendu des individus qu'on avait accusé d'avoir des relations sexuelles non consenties par une assistante au sein même de leur domicile. Je suis sur mes gardes depuis, évitant tout contact avec des personnes douteuses.
— Pourquoi a-t-on trouvé du liquide séminal au lit d'après vous ?
— Je ne sais pas, c'est ce que j'essaie de comprendre depuis le début, a-t-elle été jusqu'à amener un homme à la maison pendant qu'elle s'occupait de Béatrice ? Je n'ai jamais eu de sentiment pour cette jeune femme que je considérais comme ma seconde fille.

(Le commissaire reçoit un appel sur son téléphone fixe, il décroche et hoche de la tête puis raccroche) :

— A quoi servait ce journal intime ?
— Le psychologue m'a demandé de tenir un journal où je retranscris mes émotions et mon état mental lors des évènements entourant ma vie afin de connaître selon elle les éléments pouvant amener ces crises d'épilepsie et ses pertes de mémoire.
— Vous avez ces pertes de mémoire depuis longtemps ?
— Depuis l'âge de 15 ans, je n'en connais pas l'origine.
— Vous avez demandé à votre famille, c'est peut-être héréditaire ?
— Nous explorons toutes les pistes, nous faisons le nécessaire pour soigner ces problèmes et je fais tout pour m'en sortir.
— Comment avez-vous pu devenir l'un des avocats les plus brillants avec ces problèmes ?
— J'ai développé des compétences inexpliquées depuis mon enfance, j'ai effectué des tests qui ont (été non) pour la plupart, selon les médecins, faits état d'aptitudes inhabituelles.
— C'est-à-dire ?
— Je mémorise tout d'un coup, j'arrive aussi à comprendre rapidement tous les éléments en ayant pourtant ces pertes de mémoire.
— Pourquoi avez-vous choisi d'être avocat ?
— Je voulais au début devenir médecin mais les pertes de mémoire menacent directement mon aptitude à mener des opérations médicales, j'ai alors choisi un métier qui m'a été conseillé par mon père et qui demande un certain temps de procédure me permettant de supporter mes handicaps.
— Avez-vous d'autres anomalies ?
— Selon ma psychologue, j'agis parfois sans me rendre compte par moi-même en effectuant des actions pourtant habituelles mais inconsciemment, comme un somnambule.
— Auriez-vous pu agir involontairement contre votre propre famille ?

— Toujours selon la psy, les actions sont justement d'ordre habituel et ne sont pas d'ordre à provoquer une quelconque nuisance, j'aurais demandé moi-même à ce qu'on m'enferme monsieur.
— Retournez à votre domicile et ne bougez pas tant que tout cette affaire ne soit pas éclaircie.
— Vous ne m'arrêtez pas ?
— Malgré toutes les charges à votre encontre, je dois admettre que vous coopérez de manière exemplaire et faites le nécessaire pour résoudre cette affaire, une voiture de police vous surveillera jusqu'au procès.
— Vous pouvez interroger la psychanalyste qui s'occupe de moi, elle a pris Nathalie Qoris aussi comme patiente, je l'ai conseillé de se diriger vers elle pour son passé de victime de viol.
— Merci monsieur Marignan.

(Edouard quitte la pièce sous escorte, le commissaire est assis et ne dit pas un mot, il se gratte la tête et ferme les yeux, la confusion se ressent sur son visage tuméfié par la fatigue et l'affaire qui ne cesse de traîner en longueur) ...

Chapitre 16 : Bernard

(L'enquête connait de nouveaux rebondissements, malgré de nombreuses pistes qui apparaissent au fil des recherches, l'identification de l'auteur du crime reste un mystère. Le postier est convoqué afin de dresser un profil de l'homme qui s'est enfui, sans savoir s'il est véritablement l'auteur du crime. Après une description précise de l'individu, l'inspecteur Lambert convoque Frédéric Mercier à son bureau pour un interrogatoire de routine en compagnie de Maria Hernandez qui est interrogée dans l'autre salle avec Raphaël. L'inspecteur demande au frère de Virginie de s'asseoir) :

— Monsieur Mercier, que faisiez-vous le jour du meurtre de Nathalie Qoris et Béatrice Marignan ?
— Je me trouvais au cabinet de mon défunt père dont j'ai repris la direction et je m'occupais de dossiers importants.
— Quelqu'un peut confirmer ceci ?
— Ma femme et mes enfants se trouvent à Nice, la secrétaire en congé, certains avocats étaient présents et en ma compagnie pour une réunion à 15h30 qui a duré environ 1 heure.
— Avez-vous une caméra de surveillance au cabinet ?
— Oui, les données sont peut-être sauvegardées, je dois contacter le service de sécurité.
— Nous le ferons… Pouvez-vous me décrire votre relation avec Edouard Marignan ?
— Je n'ai pas vraiment de proximité avec lui à vrai dire, je vivais à Nice et lui à Paris. J'ai parlé deux fois avec lui depuis qu'il a épousé ma sœur.
— Pourquoi cela ?
— Disons que mon défunt père s'était opposé au mariage et je n'ai pas compris pourquoi au début, j'ai évité de le côtoyer jusqu'à ce que la relation entre lui et René s'améliore. Mon père était malade et je ne voulais pas provoquer de conflit alors j'ai pris mes distances.
— Pourquoi est-ce qu'il s'est opposé au mariage ?
— Il n'a pas le profil que mon père apprécie, je pense que c'est ça qui a joué en sa défaveur. C'est un homme qui prend beaucoup de risques à pratiquer un métier qui demande de savoir où mettre les pieds, il est intègre et mène les dossiers jusqu'au bout. Il a porté la responsabilité de la mort de Béatrice sur Edouard puisqu'il n'écoute pas les conseils de mon père qui lui a demandé de se retirer de l'affaire des attentats en Europe.
— Je vais être franc avec vous, nous avons dressé un profil de l'homme qui a pris la fuite en véhicule Citroën C6 noire et la description ressemble fortement à la vôtre.
— C'est impossible ! Comment osez-vous m'accuser d'une telle horreur !
— Je ne fais que mon métier, je vous convoque sans venir vous chercher et vous mettre en état d'arrestation, vous avez le mobile, une description proche de la

vôtre, un créneau où personne ne vous a vu. Je fais néanmoins preuve de prudence et vous convoque en tant que témoin assisté.
— Jamais je n'aurais osé salir le nom de père, il était tout pour moi ! J'ai toujours fait en sorte qu'Edouard et mon père améliorent leur relation car cette distance faisait souffrir Virginie et j'aime ma sœur.

(De l'autre côté, Maria Hernandez est assise devant Raphaël qui consulte les fichiers sur l'ordinateur avant de commencer l'interrogatoire) :

— Qu'est-ce que vous avez ?
— J'ai peur, c'est tout monsieur.
— Pourquoi ?
— C'est la première fois que j'ai affaire à la police, je ne suis pas habituée aux interrogatoires alors je stresse.
— Ne vous en faites pas, nous sommes ici pour vous aider et pas vous sanctionner.
— Je peux boire un peu d'eau.
— Mais bien sûr.

(Le policier sert un verre d'eau à Maria qui boit avec difficulté, le policier décide de changer de ton) :

— Vous allez mieux ?
— Oui, je suis prête monsieur.
— Pouvez-vous me dire la relation que vous entretenez avec la famille Marignan ?
— Oui monsieur, je m'occupe de la famille Mercier, j'ai parfois été chargée de m'occuper de Béatrice qui était une fille formidable. J'ai pleuré sa mort et j'ai énormément souffert, je devais partir en Colombie mais je suis restée pour soutenir la famille dans cette tragédie.
— C'est tout ?
— …
— Vous pouvez parler, rien ne sera divulgué.
— Je n'ai pas peur d'aider la police, je suis juste gêné de parler de choses assez intimes.
— Je n'ai pas le choix madame Hernandez mais je vais vous demander de parler de tout ce qui pourrait nous aider à faire avancer l'enquête.
— Monsieur… Frédéric Mercier a eu une relation avec la victime Nathalie Qoris.
— Pardon ?!
— Je n'ai pas voulu en parler, René Mercier, que je considérais comme un père, avait eu une attaque cardiaque et je ne voulais pas que son propre fils soit la cause de sa mort.
— Qu'est-ce que vous savez encore ?
— Frédéric avait des relations avec Nathalie au domicile de Monsieur et Madame Marignan. C'était immonde pour moi mais je n'ai rien dit car ce n'était

pas pénalement interdit, deux personnes majeures et puis, j'ai eu des remords en apprenant la mort de Béatrice.
— Pourquoi cela ?!
— Je me rends compte que mon silence a peut-être causé la mort de la pauvre Béatrice.
— Je vous écoute.
— J'aimerais rejoindre l'aéroport dès la fin de cet interrogatoire, je veux rentrer en Colombie et m'éloigner de cette famille.
— Vous êtes tenue de rester en France jusqu'à la fin du procès.
— Il faudra alors me mettre dans un endroit où personne ne pourra me trouver.
— Nous ferons le nécessaire.
— Je vous dit tout ceci car ceux que je considère comme mes parents sont morts et enterrés, j'ai fait mon devoir de prendre soin d'eux et les protéger de tout mal qui puisse les toucher. Frédéric était sûrement au domicile au moment de la mort de Béatrice.
— Qu'est-ce qui vous fait dire cela ?!
— Il avait l'habitude de faire ça en sachant que sa femme se trouvait à Nice, O mon dieu pardonne-moi si je fais du mal ! Il avait l'habitude de se rendre au domicile de monsieur Marignan l'après-midi, la mort est peut-être due à une dispute qui a mal tourné. Frédéric est un homme violent et lorsqu'il boit, il peut devenir très violent. Il a dû les tuer par excès de violence !
— Avez-vous des preuves ?
— Je vous ai dit monsieur ce que j'ai ressenti lorsque j'ai entendu la mort de Nathalie et Béatrice, je savais qu'ils faisaient des choses là-bas et le modèle de véhicule correspond à celui que loue Frédéric pour ses affaires au cabinet.
— Pourquoi est-ce que le témoin dit avoir vu l'homme boiter ?
— Je ne sais pas, je vous dis juste qu'il faut vous concentrer sur Frédéric qui doit être la clé de l'affaire.
— Pouvez-vous nous expliquer ce cahier que nous avons trouvé dans le matelas de Béatrice ?
— …
— Ne vous inquiétez pas madame Hernandez, vous n'aurez aucun problème.
— Madame Marignan est venu me voir un jour en me parlant de la maladie qu'Edouard avait, je lui ai dit qu'il était peut-être ensorcelé et j'ai demandé conseil auprès de ma famille en Colombie. Ce livre contient des incantations de protection contre la sorcellerie. Même si vous n'y croyez pas, j'ai vu de mes propres yeux des gens possédés tuer d'autres et se suicider à cause de ces histoires.
— Vous pouvez me parler de ça, j'ai pris ce dossier car justement j'ai une assez bonne connaissance de ce milieu.
— Ah bon ?
— Je me suis occupé de certaines affaires concernant ce domaine, j'ai discuté avec des prêtres qui m'ont un peu parlé de ces choses-là.

— Et qu'est-ce que vous en pensez ?
— Je n'y crois pas personnellement, néanmoins, je ne néglige aucun paramètre qui puisse m'aider lors de mes enquêtes.
— C'est une bonne chose monsieur.
— Pensez-vous monsieur Marignan capable de tuer sa propre fille ?
— Je ne peux pas me prononcer à ce sujet, tout est sujet au possible. Il peut être rentré chez lui et dans une folie avoir tué Nathalie et Béatrice. Il se peut aussi que l'accusé l'ait fait, plus je tente de comprendre cette affaire et plus je me sens perdue.
— Croyez-moi, vous n'êtes pas la seule.
— Est-ce qu'on a fini ?
— Je crois que tout est bon, je vais demander au commissaire si votre présence est nécessaire pour la suite de l'enquête, auquel cas, nous ferons le nécessaire pour vous permettre de repartir en Colombie. En attendant, vous pouvez rentrer en Vendée, des policiers vont vous escorter et surveiller la maison jusqu'au procès.
— Merci monsieur.
— Je vous laisse ma carte, si vous avez besoin de quoi que ce soit, vous pouvez me contacter sur ce numéro personnel.
— Merci monsieur.
— Appelez-moi Raphaël.
— D'accord.

(Maria quitte le commissariat en compagnie des policiers, Raphaël se dirige directement vers la salle d'interrogatoire où se déroule l'audition de Frédéric et toque avant d'être autorisé à rentrer. Il demande à s'entretenir avec l'inspecteur Lambert en dehors de la salle et lui explique ce qu'il a entendu de Maria. Le visage de ce dernier devient rouge et demande à ce dernier de repartir s'occuper de la psychanalyste qui attend à l'accueil du bâtiment pour son audition. Damien referme la porte derrière lui et s'assoit en face de Frédéric qui s'interroge sur cette coupure en pleine discussion) :

— Qu'est ce qui se passe ?
— On vient d'obtenir un élément supplémentaire sur la description de ce fameux fuyard.
— C'est-à-dire ?
— C'est à vous de me le dire …
— Je ne comprends pas ?
— Ne vous foutez pas de moi Mercier ! Parlez de votre relation avec Nathalie !
—…
— Je vous mets en arrestation pour le double homicide de Nathalie Qoris et Béatrice Marignan !
— Attendez ! Je vais tout vous expliquer !
— Vous allez me sortir l'histoire de la personne qui est venue et a trouvé les corps sur le sol ?!

— Asseyez-vous s'il vous plaît et laissez-moi parler.
— …
— Je vois que Maria était informée…
— Si vous touchez un cheveu de cette femme !
— Elle s'est occupée de moi lorsque j'étais petit, c'est comme une mère, elle a témoigné et fait preuve de respect envers la mémoire de mes parents et je vais vous expliquer la raison de ma présence au domicile ce jour-là et pourquoi j'ai fui.
— Qu'est ce qui me dit que vous dites la vérité ?
— Vous en faites ce que vous voulez par la suite, si vous voulez me condamner pour meurtre, ce sera une erreur judiciaire de plus et ce n'est pas grave, je l'ai cherché en même temps. J'étais effectivement au domicile ce jour-là, je suis venu ce matin-là pour aller voir Nathalie et lui dire que c'était terminé entre nous, j'ai complètement perdu les pédales en ayant des relations au sein même du domicile d'Edouard. Je n'avais à l'époque aucun remord puisque je voulais que ma sœur se sépare de lui, puis je suis tombé amoureux d'elle et m'a contacté un jour pour venir boire un verre, j'ai succombé à son charme et on a fait l'amour ce jour-là. C'était-il y'a 1 an environ.
— Dégoûtant !
— Ne me faites pas la morale inspecteur, j'ai déjà du mal à regarder mon épouse dans les yeux alors laissez-moi terminer et bouclez-moi ! Je suis entré ce jour-là, il était 13h00 à peu près, je suis venu la voir pour mettre un terme à cette relation infondée, le problème est que Béatrice était présente et je ne voulais pas parler en sa présence et surtout qu'elle sache que je viens chez eux en l'absence de ses parents. J'ai donc simulé une visite inopinée afin de voir ma nièce et repartir. Elle m'a demandé de venir dans la chambre d'Edouard pour qu'on soit ensemble et j'ai refusé, elle s'est mise à me crier dessus et Béatrice a commencé à pleurer de peur. J'ai immédiatement tenté de quitter le domicile et elle s'est mise à tenter de me porter des coups, ça a dégénéré et je l'ai poussé sur le canapé. J'ai fui en laissant la porte ouverte et je ne suis plus jamais revenu depuis.
— C'est tout ?
— Vous voulez quoi de plus ?!
— Qu'est ce qui a provoqué la mort de Béatrice et Nathalie ?
— Je n'en sais rien moi, j'étais venu la veille et pas ce jour-là.
— Et la description du facteur ?
— Il a dû se tromper de jour, j'étais venu le jeudi et elles sont mortes le vendredi. Que vous me croyez ou pas, je vous dis la vérité, ma carrière est fichue !
— Vous êtes en état d'arrestation pour le meurtre de Béatrice Marignan et Nathalie Qoris !
(L'inspecteur enroule les menottes sur Frédéric qui n'oppose aucune résistance, il est poussé devant la porte et escorté par un policier qui l'emmène en cellule.

La psychanalyste Louise Arsin elle est accompagnée par une policière dans le bureau de l'inspecteur pour la suite de l'enquête. Une femme de grande taille, blonde aux yeux bleus vêtue d'un tailleur blanc Dior s'assied sur le fauteuil et pose son sac à main blanc marque Louis Vuitton sur le bureau puis allume une cigarette) :

— C'est interdit de fumer ici !
— Vous m'emmenez ici afin de m'interroger et vous me faites annuler deux séances, j'ai bien le droit de me mettre à l'aise…
— éteignez-moi cette cigarette !
— Très bien.
— Je n'ai pas pris plaisir à vous inviter ici mais j'ai besoin de vous pour l'affaire du double meurtre de …
— Je sais oui, pauvre puce.
— De qui est ce que vous parlez ?
— Nathalie, elle était si charmante.
— Elle a couché avec…
— Oui la police comme à son habitude, un bout d'histoire et hop, on s'emballe.
— Pardon ?!
— Mon mari est un homme d'affaires, on a déjà eu des perquisitions « à la hâte » donc je suis habituée avec vos procédures.
— Vous êtes psychanalyste ou femme d'affaires ?!
— C'est mon mari, moi j'ai pris ce métier car il en avait marre de me voir glander à défoncer son argent et m'a demandé d'exercer une profession. Comme j'aime écouter les problèmes des autres, j'ai décidé de devenir psychanalyste et puis je suis devenue douée.
— C'est un raccourci ça !
— Ben quoi ? J'aide la société à ma façon et je suis fière de moi !
— Passons… Parlez-moi tout d'abord d'Edouard Marignan.
— Nous sommes tenus au secret médical et je risque ma place en venant ici mais c'est pour Nathalie que je me déplace, je voulais honorer sa mémoire en apportant mon aide mais je ne le fais pas pour vous.
— C'est déjà ça…
— Vous voulez me ploter les seins ?
— Pardon ?!
— Vous n'arrêtez pas de regarder mes seins.
— Soyez respectueuse madame Arsin ! Vous parlez à un inspecteur de police !
— Je vois que vous avez des problèmes de couple vous aussi.
— Mais qu'est-ce qui vous prend ?!
— Je vous laisserai ma carte si vous voulez consulter.
— Je n'ai pas de problèmes avec ma femme, arrêtez avec ça, nous ne sommes pas en consultation !
— Comme vous voudrez.
— Reprenons …. Qu'avez-vous à dire sur Nathalie Qoris ?

— Elle a eu une relation avec Frédéric Marignan, elle me l'a avoué il y'a un peu plus d'un an, elle désirait cet homme et lui aussi. Je lui ai dit de continuer et de ne pas s'opposer à ses désirs au risque de se détruire.
— Vous acceptez donc qu'un homme trompe sa femme ?
— Je n'ai pas dit ça ! Laissez-moi terminer !
—…
— Je lui ait dit de lui imposer de divorcer avec sa femme et d'entreprendre une relation sérieuse, s'il accepte bien sûr.
— Quelle a été sa réponse ?
— Aucune, elle n'a fait que m'écouter et c'est tout.
— Quoi d'autre ?
— Elle était aussi attirée par Edouard Marignan, elle fantasmait sur cet homme au point qu'elle devait prendre un vêtement pour se sentir près de lui.
— Est-ce qu'Edouard était informé de cela ?
— Pas à ma connaissance, il n'aurait jamais accepté une telle chose de toute façon, un homme intègre, une droiture et d'une beauté remarquable, je l'ai aussi désiré alors je la comprends.
— Elle était folle oui !
— Tenez vos propos inspecteur ! Elle était nymphomane et avait du mal à contrôler ses pulsions sexuelles.
— Je vous prie de m'excuser, je me suis emporté.
— Ça arrive… La plupart des gens jugent les autres sans les comprendre, elle était sexuellement attirante et avait tout le temps envie de faire l'amour. Ce n'est pas un crime, là où c'est problématique, c'est quand on côtoie des gens douteux.
— C'est-à-dire ?
— Elle a eu une relation avec un homme du nom de Tristan Vaugrenard, un homme d'affaires qu'elle a rencontré au cours d'un séminaire à Paris. Il l'a invitée dans sa chambre et elle a accepté, elle a eu une relation courte mais intense. Elle l'a quitté lorsque ce dernier s'est mis à la violenter.
— Vous voulez dire que…
— Non, ce n'était pas un homme à battre une femme … Il pratiquait des choses pendant les relations comme lui tirer les cheveux et lui mettre des gifles et toutes sortes de choses qui empiraient avec le temps. Au début, elle aimait ça mais ça devenait de pire en pire chaque jour. Elle l'a appelé et lui a dit que c'était fini entre eux, elle a changé de numéro et s'est installé au domicile des Marignan pour qu'il ne retrouve pas sa trace ou tout du moins, qu'il ne tente rien à son encontre.
— Tout s'explique…
— Concernant Edouard Marignan, je l'ai suivi et je peux vous assurer qu'il ne commettrait jamais rien contre Nathalie ou Béatrice, il les considérait comme sa famille et malgré sa maladie, il ne ferait jamais une chose pareille.
— Qu'est-ce qui vous fait dire ça ?

— J'ai étudié sa maladie, son cas m'a paru assez rare, aucun héritier qui a la même maladie. Aucune dégénérescence de son cerveau, une mémoire exceptionnelle et pourtant, des troubles anormaux qui font qu'il ne se souvient de rien.
— Il a pu commettre ce crime ?
— Nathalie peut être mais Béatrice ... Jamais.
— Expliquez-vous ?
— Nous avons fait des tests en clinique pour vérifier que ces troubles ne provoquent aucun risque à son entourage et il a réussi à se contrôler même dans les situations les plus difficiles. Il n'a jamais commis une infraction dans sa vie. Un homme exemplaire, il a défendu mon mari concernant le redressement fiscal et je vous avoue qu'il est difficilement concevable qu'il puisse commettre un acte d'un tel genre mais je peux me tromper, ce n'est pas une science exacte.
— Bien .... Vous avez quelque chose à ajouter ?
— Oui mais ça ne concerne pas mes patients... J'ai observé l'accusé et je peux vous dire qu'il est impliqué dans cette histoire.
— Comment ça ?
— Le procès, j'ai pu assister et je l'ai observé, il a un comportement douteux. Edouard m'a demandé de retranscrire ses discussions qu'il a eu avec lui pour que je donne mon avis.
— C'est interdit !
— Nous sommes tenus au secret médical, si je n'étais pas venu ici témoigner, personne n'en saurait rien, il me parle parfois de ses affaires pour l'aider psychologiquement alors ça me va.
— Alors ?
— Il ment, cet homme ment comme il respire, il a probablement été piégé mais il a quelque chose à avoir avec ce double meurtre.
— Nous venons de mette sous arrestation Frédéric Mercier pour le meurtre.
— Il a avoué ?
— Il était présent la veille du meurtre et une identification a permis de dresser son portrait le jour du meurtre où il s'est enfui.
— Bien...
— Je sens que vous avez quelque chose à ajouter ?
— Je peux me taire et partir si vous voulez, j'ai mon rendez-vous chez le coiffeur.
— Non ! Voyons madame Arsin ! J'attends votre observation avec impatience !
— Merci... Il n'est pas capable de faire une telle chose, il est gentil et respectueux malgré ce qu'il a fait, Nathalie m'a parlé de lui et c'est quelqu'un de très intègre. Il a fauté mais le mettre en arrestation pour un double meurtre est insensé.
— Pour vous, tout le monde est innocent !
— Je vous aide à faire votre métier monsieur.
— Je devais le boucler de toute façon, c'est une question de procédure.

— Très bien.
— Avant que vous partiez… J'aimerai vous parler d'une chose.
— J'en étais sûre ! Elle est devenue moche, c'est ça ?
— Je vous prie de parler correctement de la mère de mes enfants !
— On en parlera dans mon cabinet.
— Qui vous dit que je vais venir ?!
— Je vous offre deux séances, avoir un inspecteur dans ma base clientèle c'est du top !
— Pardon ?!
— Je vous assure que je vais vous aider, passez à mon cabinet, je pourrais même vous aider pour vos enquêtes, je suis unc pro, vous savez.
— Si vous le dites.
— A bientôt Damien.
—….

(La psychanalyste se lève et ouvre la porte en marchant d'un air gracieux, tous les policiers l'observent et lancent des sourires et des sifflements, l'inspecteur intervient et effectue une remontrance qui recarde l'équipe de l'enquête puis referme la porte derrière lui) …

Chapitre 17 : Matthieu

(L'inspecteur Lambert continue l'enquête en tentant de retrouver l'arme du crime. Au sein de la préfecture de police de Paris, le commissaire réunit l'ensembles des policiers impliqués dans l'enquête, Une fois installés, il affiche l'ensemble des données sur l'écran principal) :

— 5 pistes ressortent après avoir pris le temps de bien analyser toutes les preuves. La première et la plus plausible est le crime passionnel, Frédéric Mercier avait des relations sexuelles avec la défunte Nathalie Qoris. Il était présent, selon la description de la factrice, sur place au moment du meurtre mais nous n'avons pas l'arme du crime. Nous effectuons des fouilles dans le secteur. La deuxième et celle que nous travaillons encore c'est celle menant à Edouard Marignan, des problèmes psychologiques depuis son enfance lui font faire des actions sans qu'il n'ait aucun souvenir. La troisième est celle menant à Tristan Vaugrenard, un trafiquant d'armes habitant dans le Vème arrondissement de Paris. Nathalie l'a quitté après des violences lors des relations sexuelles, la défunte a emménagé chez Edouard en craignant des représailles de sa part. Commencez dès la fin de cette réunion à surveiller cet homme qui devient la priorité numéro 1. La quatrième est l'affaire Wouters, le gourou d'une secte de Bruxelles acquitté après avoir été innocenté dans l'affaire du meurtre collectif effectué avec l'un des membres de la secte avant de se donner la mort. Les coups portés sur les victimes Qoris et Marignan sont effectués au même endroit avec un objet contendant. L'accusé toujours en détention ainsi que le colonel commanditaire restent toujours d'actualité en attendant d'en savoir plus auprès des services de renseignements Polonais.

— On avance à pas d'escargot, au lieu de réduire les pistes vous en ajoutez d'autres Lambert.

— Chef, on fait ce qu'on peut, plus on avance et plus des éléments viennent ouvrir d'autres pistes. Nous sommes en train de faire le maximum pour les réduire avec l'aide des médecins légistes avec qui nous sommes en étroite collaboration.

— Relâchez Frédéric pour le moment et mettez le sous surveillance.

— Quoi ?!

— Vous n'avez pas l'arme du crime ni le mobile.

— Il avait un mobile chef !

— Ce n'est pas suffisant Lambert ! La description est approximative et ne reflète en rien la ressemblance avec cet individu.

— Il a le bras long le René même après sa mort, c'est dingue !

(Cette remarque provoque une tension supplémentaire palpable entre le commissaire et l'inspecteur et ce depuis le début de la réunion. Bernard demande à Damien de quitter la réunion et continue de donner ses prérogatives pour la suite de l'enquête) :

— Il n’est pas nécessaire de garder Frédéric qui est pour l’instant écarté de l’enquête et reste à disposition de la justice tout comme Edouard Marignan qui est sous surveillance à son domicile. Concentrez-vous sur les deux autres pistes, je me charge de ces deux prévenus, nous devons obtenir des résultats probants dans 15 jours au plus tard.
— Commissaire Bertier, en a-t-on fini avec la recherche d’autres pistes du crime ?
— Ces pistes restent les seuls que nous étudions et si vous avez d’autres pistes, faites un rapport et remettez-le-moi, j’effectuerai une analyse afin d’en connaître la fiabilité Hector.
— Est-ce que l’inspecteur est démis de l’enquête chef ?
— Non Gaëlle, il reste celui qui supervise l’enquête et le donneur d’ordres. N’hésitez pas à venir me voir dans mon bureau, au boulot messieurs dames !
— Oui chef !

(Le commissaire prend sa veste et rejoint Damien devant le bâtiment qui prend un café et fume une cigarette) :

— Je sais que tu as mal pris mon intervention sur cette affaire mais je n’avais pas le choix, c’est ma dernière affaire avant ma retraite et je ne voulais pas partir avec une enquête qui risque d’entacher mes états de service. Ça fait 20 ans qu’on travaille ensemble et jamais je n’ai remis en doute ton travail, tu fais du bon boulot et j’ai émis un avis favorable pour me succéder l’an prochain.
— Je n’aime pas les traitements de faveur c’est tout.
— Lorsque tu prendras ma place, tu comprendras pourquoi j’agis comme ça, il y’a parfois des hommes qui doivent être traités différemment selon la situation dans laquelle ils se retrouvent. Frédéric est coupable d’adultère mais pas d’homicide, à partir de là, mettre quelqu’un comme lui en détention provisoire est mal vu dans le milieu. Je n’ai pas dit que le traitement doit être différent selon le statut mais il faut prendre plus de temps sur certains que d’autres, c’est injuste mais c’est comme ça. Faut s’y faire, on a les moyens pour mettre les deux suspects en surveillance 24h/24 pour mener à bien cette enquête.
— Ton apport est nécessaire dans cette affaire Bernard, je suis perdu.
— Je sais bien, si j’ai pris l’initiative d’intervenir c’est pour cette raison, une affaire comme ça on tombe rarement dessus au cours de notre carrière mais si ça vient, il faut s’en charger et faire le nécessaire pour obtenir des résultats. Ta promotion est en jeu.
— Ok.
— Tu restes chargé de l’affaire et je supervise en retrait, occupe-toi d’Edouard Marignan et je m’occupe de Frédéric, laisse Gaëlle, Raphaël et Isabelle sur les autres pistes.
— Qu’est-ce qu’on fait si l’avocat de la défense est le coupable ?
— Le juge a autorisé qu’il continue le procès, tu n’es pas responsable, il faut t’en tenir à ton métier et laisser les autres s’occuper du reste.
— Je peux prendre mon après-midi ? J’ai besoin de réfléchir.

— Pas de souci, reviens-nous en forme demain, l'audition de Wouters qui vient de Bruxelles et Vaugrenard sont au programme.
— A demain Bernard.
— Bon courage Damien.
(L'inspecteur prend son véhicule et se dirige vers le cabinet de Louise Arcin, en arrivant devant le bâtiment rue de la Fayette dans le Xème arrondissement de Paris, il s'arrête et hésite plusieurs minutes avant d'entrer. A l'accueil, la réceptionniste contacte la psychanalyste qui le rejoint et lui demande de patienter avant de le prendre en charge. Damien s'installe sur le fauteuil en lisant sur son smartphone les derniers éléments de l'enquête qu'il reçoit en temps réel. Il est reçu une trentaine de minutes plus tard et invité à s'asseoir) :
— Très bien, commençons par remplir votre dossier de soins avant d'entamer toutes les démarches pour une consultation monsieur Lambert.
— Appelez-moi Damien.
— Très bien, avez-vous des problèmes de santé à me notifier.
— Parfois des problèmes respiratoires dus à la cigarette mais je ne fume pas beaucoup et je fais du sport.
— Avez-vous des allergies ?
— Au pollen, sinon, rien à ce que je sache qui puisse me poser un problème.
— Votre bilan médial ?
— Rien à signaler, je suis âgé mais je me porte bien. Je gère assez bien mon stress et j'ai mes enfants qui me rendent heureux.
— Avez-vous un membre de votre famille ayant des problèmes psychologiques ?
— Ma mère s'est suicidée lors de ma jeunesse, à cause d'une prise de psychotropes pour soigner des douleurs suite à un accident de voiture, elle s'est mise à prendre du Tramadol à fortes doses et puis elle a mélangé avec des substances qui lui ont étés fatales. A part ceci, je n'ai pas connaissance d'une autre maladie au sein de ma famille.
— Très bien, je vais vous poser maintenant des questions sur votre vie personnelle et vous allez répondre du mieux que possible, ne refusez pas de répondre à certaines d'entre elles car c'est dans un but thérapeutique. Plus j'en sais et mieux je peux vous aider, aucune divulgation de ces éléments sauf pour une instruction judiciaire comme vous le savez.
— Je n'ai rien à cacher.
— Lors de votre jeunesse, avez-vous subi de la maltraitance ?
— Non.
— Un quelconque évènement qui vous a marqué ?
— La mort de mon petit frère, noyé à la plage du cap d'Agde lors de l'été 1985, ce qui m'a entre autres poussé à devenir policier , protéger les autres.
— Votre rapport avec votre petit frère ?

— J'étais jaloux que mes parents lui portent une attention particulière et j'ai souhaité qu'il disparaisse, lorsqu'il est mort, j'ai compris que c'était ma jalousie le problème et pas lui, je m'en suis voulu toute ma vie.
— Pourquoi cela ?
— C'est à moi de protéger mon petit frère.
— Vous étiez où à ce moment-là ?
— Avec mon oncle en train de manger une glace à 500 mètres de là.
— Pourquoi est-ce que vous vous en voulez alors ?
— Vous ne comprenez pas, ce n'est pas en un claquement de doigts qu'on décide d'oublier. J'ai souhaité sa mort et il est parti, vous voulez que je vous dise que je ne suis pas responsable de sa noyade ? C'est faux ! Je l'ai négligé et j'en paye le prix fort.
— Je comprends.
— Tout a été fait par la suite pour que je sois un fils modèle, un homme qui pense aux autres avant de penser à lui-même, je me prive de certaines choses pour que mes enfants aient les meilleurs habits et la meilleure nourriture car ils sont une source de bonheur chaque jour. Ma femme est la plus belle personne que j'ai rencontré dans ma vie, elle me soutient et je fais tout pour la rendre heureuse du mieux que je peux.
— Vous avez parlé du bonheur que vous procure vos enfants mais vous avez omis de parler de votre épouse qui est au départ de ce bonheur, vous ne trouvez pas ?

(L'inspecteur retourne la tête et ferme les yeux, des larmes coulent sur son visage et fait tout pour cacher sa tristesse, Louise se tait et se sert un cocktail en le buvant lentement avant de poser le verre) :

— Elle ne vous rend pas heureux, c'est ça ?
— Ce n'est pas elle le problème, après la mort de Matthieu, j'ai tout fait pour que mes parents soient fiers de moi et que ça leur permette d'oublier la mort de mon petit-frère. J'ai épousé la femme que ma mère m'a dit d'épouser, j'ai pardonné à des gens pour que ça ne puisse pas faire souffrir mes parents. J'ai sacrifié ma carrière, mes rêves, mes ambitions pour éviter toute tristesse sur leur visage, la peur de voir des larmes couler après celle que j'ai vu lors du décès de Matthieu.
— Vous avez l'impression d'avoir manqué quelque chose, c'est ça ?
— Je me sens comme si j'ai vécu la vie d'un autre, je passe à côté de tout. Je fume parce que je ne me sens pas bien, je mène cette enquête qui me pourrit la vie, on veut me promouvoir comme commissaire l'année prochaine mais je n'ai pas envie.
— Pourquoi cela ?
— J'ai vu des horreurs en tant que policier que je ne supporte plus, des meurtres et des gens souffrir sans que je ne puisse rien faire pour les soulager, je veux les aider mais je ne peux que présenter ces gens devant la justice et puis basta !
— Qu'est-ce que vous voulez de plus ?

— Vivre une vie qui me convienne, être heureux de rentrer à la maison, toute cette structure autour de ma vie fait que je travaille pour gagner un salaire, je rentre à la maison pour jouer un rôle de père de famille exemplaire. Je ne suis pas en train de m'épanouir mais me détruire.
— Avez-vous tenté de vous suicider ?
— Non, j'estime que ce n'est pas une action responsable et ce n'est pas une solution.
— Avez-vous trompé votre épouse ?
— J'aurais pu, je ne l'ai pas fait car elle ne mérite pas ça.
— Voulez-vous la quitter ?
— Oui.
— Pourquoi ?
— Je ne suis pas investi, je me désintéresse d'elle et ça lui fait du mal.
— Qu'est ce qui pose problème à votre avis ?
— Elle ne prend pas soin d'elle, prise de poids, disputes sans fondement menant à ce genre de choses, elle veut qu'on passe plus de temps ensemble mais elle me saoule.
— Au moins c'est franc.
— Vous êtes sûr que ça reste confidentiel ?

(Louise se met à rire et sert un verre de jus de fruit à Damien qui le prend en souriant) :

— Ça vous a fait du bien de parler.
— J'avais l'impression d'être fou, d'être quelqu'un d'ingrat, j'ai tout ce qu'un homme rêve d'avoir et pourtant, je me sens comme si je subissais ma vie au lieu d'en prendre le contrôle.
— Vous êtes quelqu'un de bien monsieur Lambert, j'ai déjà eu affaire à ce genre de situations, vous devez en parler avec elle et changer de vie et être heureux.
— Qu'est-ce qu'être heureux ?
— C'est justement de choisir ce que l'on veut, on prend l'exemple de Virginie qui a épousé Edouard malgré toutes les oppositions qu'elle a pu subir, elle est devenue avocate et elle aime ce qu'elle fait.
— C'est lui la cause de ma remise en question.
— Comment ça ?
— Il me fascine, il a fait acquitter des personnes et sacrifié sa vie de famille pour mener à bien ce qu'il entreprend, Virginie le soutient malgré tous les risques qu'il prend.
— Rare sont ceux capables d'être comme lui surtout avec un tel handicap.
— Je l'ai côtoyé et j'ai eu du mal à le suspecter du double homicide. Comment se fait-il que je n'arrive pas à me concentrer lorsqu'il s'agit de l'inculper ou même de le soupçonner.
— Peut-être avez-vous envie de le protéger comme votre petit frère ?
— …

— Je vous conseille de vous retirer de cette affaire, vous mêlez les sentiments personnels et votre métier d'inspecteur.
— Je ne peux pas le laisser, ils font leur possible pour le mettre sous verrou.
— Et qui vous dit que ce n'est pas lui qui a commis ces homicides ?
— Vous !
— Je n'ai pas dit qu'il n'a pas commis ces meurtres, j'ai dit simplement que les tests montrent que son handicap n'est pas de nature à le rendre violent. Pas qu'il n'est pas capable de le faire.
— Je dois classer cette affaire madame Arsin !
— Comme vous voudrez, je ne suis qu'une psychologue.
— Qu'auriez-vous fait à ma place ?
— Je ne suis pas à votre place, vous êtes un inspecteur expérimenté.
— Bien.
— Concernant cette affaire, faites le nécessaire pour garder votre neutralité, vous en tirerez beaucoup d'expérience concernant ces affaires aux multiples mystères.
— Et pour mon épouse ?
— Discutez entre vous, si elle n'accepte pas vos critiques c'est qu'elle n'est pas faite pour vous, pourquoi est-ce que vous faites du sport ?
— C'est pour garder la forme et qu'elle soit satisfaite de moi.
— Vous avez la réponse, si elle ne fait pas tout pour préserver le désir, c'est qu'elle ne pense qu'à elle alors que vous faites tout pour les autres, vous avez besoin qu'on prenne soin de vous aussi.
— C'est indiscret mais…
— Mon mari m'a trompée lors d'un voyage au brésil, il est revenu et m'a annoncé qu'il me quittait, j'ai pris mes affaires et j'ai réservé un hôtel où je suis restée sans rien dire. Quelques mois plus tard, il s'est présenté à l'accueil et s'est mis à pleurer en disant qu'il avait honte d'avoir fait ça et qu'il préfère mourir que de rester loin de moi.
— Vous lui avez pardonné ?
— Pas sur le moment non, j'ai rencontré un autre homme et j'ai su à ce moment-là qu'Olivier était l'homme de ma vie, il m'a trompée et je l'ai fait aussi, nous sommes revenus ensemble et notre amour est devenu plus fort.
— Je vois…
— Un mariage c'est un ensemble d'efforts à fournir en commun et tout le temps, faire ce qu'il faut pour que l'un ne soit pas dégoûté de l'autre, il m'a reproché des choses et j'avais aussi des manquements mais on n'a pas parlé alors ça s'est mal terminé… La communication est la base de tout dans un couple.
— Merci Louise.
— J'ai une question à vous poser aussi concernant votre métier.
— Je vous écoute.
— Quelle est l'affaire qui vous a le plus touché ?

— …. C'était en 2004, un homme avait obligé sa fille et son frère à avoir des rapports sexuels devant lui avant de les tuer et se suicider.
— Pourquoi cette affaire ?
— C'était un homme ordinaire, un bon père de famille et jamais aucun problème, je me suis investi comme un fou pour comprendre ce qu'il a pu se passer.
— De peur que ça vous arrive ?
— C'est exact ! Qu'est ce qui a poussé cet homme à faire une chose aussi horrible ! Et puis j'ai découvert qu'il avait commencé à prendre de la drogue lors d'une soirée entre amis. Il a commencé à fréquenter des femmes et ça m'a rassuré en quelque sorte de savoir qu'il y'avait une origine à ses dérives.
— Je vous pose cette question car j'aimerais votre expertise sur une situation qui m'est arrivée, un patient dont je m'occupe.
— Si je peux vous aider.
— Je soupçonne ce patient d'être sadique qui mène une double vie, j'ai attendu de vous faire confiance avant de vous en parler.
— Quoi ?!
— Au départ, le patient avait des plaisirs sexuels assez glauques mais rien de suspect puisqu'il avait le consentement de ses partenaires mais c'est quand il m'a évoqué son plaisir de les voir souffrir toujours plus intensément que je me suis posé des questions.
— Donnez-moi son nom et j'enquête si vous le souhaitez.
— Vous me promettez de ne pas l'arrêter sans preuves concrètes ? Mon cabinet risque gros.
— J'ai 20 ans d'expérience dans le métier, je sais à quel moment je dois arrêter un individu.
— Elle s'appelle Monica Brown, Franco Américaine de 40 ans qui vit à Paris depuis 5 ans.
— C'est sa première victime que je dois interroger ?
— Non, c'est le patient en question.
— Vous m'avez dit que ?
— J'ai dit que c'était un patient, pas que c'est un homme ou une femme.
— C'est assez inhabituel…
— Je sais… je veux juste m'assurer que je ne protège pas une criminelle.
— Très bien … je dois y aller Louise, je vous laisse ma carte, si vous avez quoi que ce soit, contactez-moi, je viendrai dans l'immédiat.
— Je le ferai, à bientôt Damien.

(Louise accompagne l'inspecteur devant l'entrée du bâtiment puis rejoint un autre patient à la salle d'accueil. Avant de démarrer le véhicule, Damien reste figé puis se met à pleurer sous une forte averse, un temps orageux et un soulagement d'avoir pu s'exprimer sur ces problèmes personnels, il démarre son véhicule puis quitte les lieux) …

Chapitre 18 : Séparation

(L'enquête se poursuit à la préfecture de police de Paris où des éléments de l'enquête ont permis de dresser le profil du tueur. Virginie ne répond plus aux appels d'Edouard mais aussi Frédéric qui lui a avoué sa liaison avec Nathalie Qoris. La dernière réunion à la préfecture de police en compagnie du commissaire Bernard et de l'inspecteur Lambert devant l'écran principal du département criminologie) :

— Après de longues semaines d'efforts intensifs, nous avons pu dresser un schéma de ce qui a pu se passer ce jour-là. Wouters, lors de l'interrogatoire effectué par Gaëlle, a permis de déceler le mobile et l'arme du crime. Il s'agit du mode opératoire de l'une des victimes de ce gourou visant à le faire tomber en effectuant le même procédé cultuel de cette secte. Nous avons vérifié et il a un alibi en béton ce jour-là. Après une recherche approfondie sur les membres de cette secte, il s'agirait de Romuald Deekins, l'homme est recherché et son arrestation est en bonne voie. L'autre élément ce sont les cordes retrouvées à l'origine de l'étranglement des victimes, il s'agirait d'une « probable » tentative de piéger Kalinić puisque l'arme du crime fut envoyée à l'ambassade de Pologne qui nous a immédiatement contacté et envoyé la preuve. Selon les médecins légistes, aucune empreinte mais la dimension des cordes est similaire. Nous devrons dorénavant prouver que c'est bien Deekins qui a étranglé puis porté les coups sur les deux victimes. Il est possible aussi que ce soit les deux individus, en un temps très court, qui ont effectué l'étranglement pour Kalinić puis les coups par Deekins avant de s'enfuir.

— La poursuite de Marignan jusqu'au commissariat vers 16h00 ?

— Aucun témoignage vient corroborer ses propos, le commissariat a vu Edouard venir chercher quelqu'un mais à 19h00 et le suspect n'était pas la personne recherchée ce jour-là.

— Qui ment et qui dit la vérité ?

— On ne le saura probablement jamais … On cuisine les suspects et on fait tout pour faire cracher des aveux. Pourquoi ces deux événements ont été effectués le même jour ? C'est probablement une information récoltée par Deekins qui a permis de piéger l'accusé en ayant pour but de le faire attraper en flagrant délit. Il n'était pas présent ce jour-là au domicile mais c'est sa parole et on ne peut nous fier à ce qu'il nous dit. Frédéric est disculpé puisque la factrice est revenue sur son témoignage en affirmant que c'était la veille du crime qu'elle l'a vu quitter la maison. Nous attendons désormais l'arrestation de Deekins et le présenter au procès avec l'accusé.

— Chef ! Il sera innocenté par Marignan si nous n'avons rien pour l'inculper.

— Je sais Raphaël mais nous avons fait notre travail en apportant la lumière sur ce qui s'est passé, c'est au ministre des Affaires étrangères et les services de renseignements de prendre le relais pour monsieur Kalinić. Nous savons juste que c'est l'accusé qui a été envoyé et on a fait ce qu'on a pu de notre côté.

— Edouard Marignan est disculpé alors ?
— Oui et j'en suis soulagé, je ne vous le cache pas.
— Quant reprendra le procès ?
— Le 16 octobre prochain, d'ici-là, faites le nécessaire pour récolter le maximum de preuves à donner au procureur pour inculper l'accusé.
— Et si ce n'est pas lui ?
— Marignan fera le nécessaire pour l'en sortir Robert. Avez-vous d'autres questions ?
— Nous pouvons lever la surveillance sur la famille Marignan ?
— Jusqu'à la fin du procès, personne ne lâche d'une semelle Edouard Marignan et son épouse, c'est une affaire qui peut pousser ceux qui tentent de piéger Kalinić de s'en prendre à eux Christelle.
— Très bien.

(Edouard prépare le procès depuis son domicile, l'inspecteur se gare devant son domicile et se sent coupable d'avoir abandonné l'homme qu'il admire. Il décide de redémarrer son véhicule et d'aller le visiter. En arrivant sur place, il remarque qu'aucune surveillance n'est effectuée et s'inquiète en voyant la porte ouverte et se met à courir puis pénètre à l'intérieur de la pièce en braquant son arme. Il trouve Edouard allongé sur le sol et tente de lui porter secours mais en vain, l'avocat ne respire plus, il effectue les gestes de premier secours en contactant dans la foulée les services de secours qui mettront une dizaine de minutes avant d'arriver sur place. Il est secouru et maintenu en vie avant d'être transféré vers l'hôpital et d'être emmené aux urgences sous assistance respiratoire où il subit les premiers soins. L'inspecteur attend à l'accueil les premiers résultats des examens et fait les cents pas, Virginie se présente à l'accueil en panique et interceptée par l'inspecteur qui tente de l'empêcher d'entrer à l'intérieur de la salle d'urgences) :

— Calme toi Virginie !
— Je veux le voir !
— Ce n'est pas le moment, il est en cours d'intervention et on attend les résultats.
— Qu'est ce qui s'est passé ?
— Je ne sais pas, je suis arrivé sur place et aucune surveillance. J'ai pénétré à l'intérieur et je n'ai trouvé personne à part Edouard allongé et inconscient. J'ai effectué les gestes de premier secours, ça devrait aller.
— Je m'en veux tellement, je l'ai abandonné sur des soupçons.
— Je comprends et je ressens la même chose, je me suis éloigné de lui en étant convaincu qu'il a effectué cet homicide et cette relation avec la défunte Nathalie m'a chamboulé. Nous devons maintenant faire en sorte qu'il s'en sort.
— Qu'est-ce que je dois faire ?
— Repartez à l'hôtel et restez sous surveillance, la situation demande que chacun fasse ce qu'il faut, je resterai à ses côtés jusqu'à la fin du procès.
— Tu ne me laisses pas sans nouvelles !

— Ne t'inquiète pas.
— Dis-lui que j'attends son appel et je ne dormirai pas avant de l'avoir eu au téléphone.
— Très bien … Je tenais à te dire que je te trouve très courageuse malgré tout ce que tu traverses, tu supportes une situation assez difficile toi et Edouard.
— Merci Damien

(Trois heures plus tard, le médecin qui s'occupe de l'avocat rejoint l'inspecteur qui est au téléphone avec le commissaire qui l'informe que les deux policiers qui sont chargés de le surveiller ont été retrouvés morts à quelques kilomètres du domicile des Marignan, il raccroche et s'entretient avec le docteur) :

— Alors docteur Rubens ?
— Il avait une contusion à la tête qui a provoqué une perte de conscience, il ne se souvient plus de rien.
— Je peux le voir ?
— Il doit observer une période de repos, vous pouvez lui rendre visite demain matin.
— Il va s'en sortir ?
— Oui, nous avons opéré et il sera rétabli dans quelques jours.
— Merci docteur, je suis chargé de le surveiller jusqu'au procès, je vais attendre dans ma voiture.
— Très bien.

(L'inspecteur se pose dans sa voiture en pleine nuit et compose le numéro de sa femme, il a besoin de réconfort et contacte la seule personne qui est debout à attendre qu'il rentre, elle décroche et lui fait écouter la voix du petit dernier) :

— Comment est-ce qu'il va ?
— Il tousse encore mais les médicaments font effet. Où est-ce que tu es ?
— Devant l'hôpital Necker à Paris, j'attends qu'Edouard sorte et je dois le surveiller jusqu'au procès.
— Très bien.
— Je suis allé consulter une psychanalyste pour une consultation.
— Ah bon et pourquoi ?
— Je lui ait parlé de ma vie et des problèmes que je rencontre.
— Je vais coucher le petit et je te rappelle.
— Très bien.

(L'inspecteur raccroche et allume une cigarette puis ouvre la fenêtre, il observe aux alentours et voit une Mercedes noir Matriculée 75 garée avec deux hommes à l'intérieur. Il quitte précipitamment son véhicule et dégaine son arme en la pointant vers la voiture puis s'approche discrètement. Le conducteur lève les mains et descend la fenêtre sur ordre de l'inspecteur qui tient en joue le conducteur et lui ordonne de sortir du véhicule d'un ton menaçant, ce dernier s'exécute puis plaqué sur l'avant de la voiture) :

— Qu'est ce qui se passe ?
— Que faites-vous ici ?!

— Nous attendons quelqu'un a l'hôpital, un certain Bruno Pelletier pour l'accompagner à son domicile.
— Et qui est cette personne à côté de vous ?!
— C'est un ami à moi qui m'accompagne parfois pour des missions de ce genre, le nombre d'agressions contre les chauffeurs V.T.C ne fait qu'augmenter.

(Damien prend la pièce d'identité et vérifie sur son smartphone avant de le relâcher et repartir dans son véhicule, sa femme le rappelle et décroche) :

— Je t'ai appelé, pourquoi tu n'as pas répondu ?
— J'avais un problème avec une voiture douteuse devant l'hôpital, j'ai dû aller les contrôler pour vérifier, tout est ok.
— Explique moi alors ? Pourquoi tu ne m'en as pas parlé avant ?
— C'est assez compliqué en fait, j'avais besoin de parler à quelqu'un d'étranger à notre famille pour prendre une décision, je l'ai consulté et je vais un peu mieux.
— Je comprends.
— Elle m'a conseillé d'en parler alors je le fais, j'ai failli te tromper à plusieurs reprises mais je ne l'ai pas fait, j'estime que tu es une femme qui ne mérite pas ce genre de choses. Tu es une mère remarquable mais si j'ai voulu voir ailleurs c'est que quelque chose ne va pas entre nous.
— …
— J'étais à deux doigts de demander le divorce et démissionner pour construire une autre vie sur une autre base. Ce travail, je le fais que par l'envie de protéger les citoyens et faire le nécessaire pour protéger notamment la ville de Paris que j'aime tant mais je n'ai plus de motivation. Ils veulent me promouvoir l'année prochaine au poste de commissaire et rien qu'à l'idée de monter en grade et de voir des choses qui ne vont pas me plaire me dégoûte déjà. Concernant notre relation, je ne t'ai jamais voulu en tant qu'épouse et tu le sais déjà, j'ai accepté uniquement car ma mère m'a conseillé et je ne voulais pas la rendre triste depuis la mort de Matthieu. J'ai appris néanmoins à t'aimer et à considérer que tu es une mère exemplaire et une épouse remarquable à la maison mais j'ai besoin d'avoir une femme active avec moi. Une femme ravissante, tu ne prends plus soin de toi, des disputes pour rien, tu me manques de respect alors que je fais tout pour que ça aille bien.
— Je te demande pardon Damien, tes longues absences m'ont permis de réfléchir à notre situation et je me suis dit que quelque chose ne va pas, j'ai…

(L'inspecteur est en train d'écouter la discussion au téléphone lorsqu'une arme est pointée sur sa tête et deux balles sont tirées à bout portant. L'individu prend la fuite à bord d'une Mercedes C220. L'un des médecins, présents devant l'hôpital en train de fumer une cigarette assiste à la scène et contacte la police qui intervient au bout d'une dizaine de minutes et quadrille le secteur. Le commissaire Bernard rejoint la scène du crime une heure après et constate la mort de son coéquipier et ne peut s'empêcher de pleurer. Edouard se réveille la nuit et interpelle l'infirmière qui est en train de changer le pansement) :

— Où est-ce que je suis ?
— Hôpital Necker. L'inspecteur Lambert vous a amené ici en vous trouvant inconscient à votre domicile, il faut vous reposer.
— Qu'est ce qui s'est passé ?
— Je ne peux rien vous dire jusqu'à l'arrivée du médecin.
— Très bien.

(Edouard tente de mettre la main sur son téléphone pour passer un appel, l'infirmière lui retire et lui demande de se reposer. Le lendemain matin, il est réveillé par un infirmier en compagnie d'un médecin urgentiste) :

— Monsieur Marignan, je dois vous annoncer une nouvelle importante, l'inspecteur Lambert a été victime d'une attaque à main armée dans sa voiture et retrouvé mort sur le coup, je suis désolé mais je vais devoir vous demander d'accepter l'interrogatoire du commissaire qui est à l'entrée.
— Bien sûr.

(Le docteur demande à l'infirmier d'aller chercher le commissaire et se rend dans une autre salle pour faire un bilan de santé d'autres patients. Bernard s'approche et entame une discussion avec l'avocat qui est en larmes) :

— On vous a informé ?
— Oui…Qu'est ce qui s'est passé ?
— Damien vous a retrouvé à votre domicile étendu et inconscient, il vous a amené ici et a surveillé lui-même la zone en attendant de vous transférer dans un lieu sûr jusqu'au procès.
— …
— Qu'est ce qui s'est passé ?
— Je ne sais pas, je n'ai aucun souvenir, j'ai eu comme un choc alors que j'étais chez moi en train de peaufiner ma plaidoirie pour le procès.
— Vous ne vous souvenez de rien ?
— Rien, j'ai l'impression qu'on essaye de m'arrêter pour le procès.
— Nous allons doubler les équipes de surveillance et installer des caméras avec un dispositif à la pointe, je le fais pour Damien qui aurait voulu qu'on vous protège jusqu'au bout du procès.
— Merci.
— Je dois y aller, contactez votre femme et surtout, ne bougez pas d'ici tant que votre domicile n'est pas équipé de caméras de surveillance.
— Très bien.

(Le commissaire quitte la pièce et Edouard s'empresse de prendre son téléphone puis le jette contre le mur et pleure à chaudes larmes puis finit par s'endormir) …

Chapitre 19 : Petrović

(Le procès reprend pour la conclusion d'une enquête menée avec succès par le défunt Damien Lambert. Il est 9h00, le juge ouvre la séance avec deux individus présents sur le banc des accusés, Kalinić et Deekins. Virginie est présente aux côtés d'Amélie et Frédéric, Maria est aussi présente mais en retrait, préférant s'éloigner de la famille Mercier. Le juge ordonne d'interroger les accusés avant d'entamer les plaidoiries, le procureur s'approche du pupitre et interroge le nouvel accusé) :

— Monsieur Deekins, pouvez-vous nous expliquer votre intention initiale en allant au domicile de la famille Marignan ? Selon le voisinage, vous étiez présents pas loin du domicile deux mois avant le double homicide.

— J'y suis allé pour m'entretenir avec monsieur Marignan afin de lui demander les raisons qui ont poussé cet homme à défendre monsieur Wouters.

— C'est-à-dire ?

— Nous savons, nous victimes de ce gourou manipulateur, qu'il était coupable d'avoir provoqué ce rituel démoniaque pour mener à la mort une dizaine de familles sans scrupules.

— Mais pourquoi avez-vous décidé d'aller voir son avocat ?

— C'était juste pour échanger, lui demander s'il savait ce que c'est une secte avant de défendre un criminel et permettre sa libération.

— Vous avez donc une certaine animosité envers monsieur Marignan ?

— Pas particulièrement, ma démarche était avant tout d'échanger sur le procès et les possibles erreurs commises.

(Wouters se lève et accuse Deekens de mensonge en hurlant dans le public, le juge ordonne l'expulsion de cet homme qui se lève et quitte de lui-même la salle d'audience, le procureur reprend l'audition après quelques minutes d'agitation) :

— Ou étiez-vous le jour du double homicide ?

— Chez moi.

— Quelqu'un peut témoigner en votre faveur ?

— Mon chien.

(Le public présent dans la salle se met à rire, le juge prend son marteau et tape à plusieurs reprises pour calmer la foule qui reprend son calme):

— Monsieur Deekins, pouvez-vous faire une analyse sur les deux victimes ?

— Il est clair qu'elles sont victimes du même procédé que le gourou de Bruxelles, l'objet se trouve sûrement en possession de la secte.

— C'est-à-dire ?

— A mon avis, sur ce qui a dû se passer et j'en suis persuadé, Wouters a dû demander à Edouard de rejoindre la secte et ce dernier a refusé, il s'est vengé en programmant la mort de la famille Marignan. Il l'a déjà fait et ce n'est pas nouveau.

— Et les traces d'étranglements sur le cou des victimes ?

— C'est un leurre… Kalinić a sûrement été piégé par la secte qui possède une antenne en Pologne, ce genre de manigances est connu chez eux.
— Vous dites donc que vous êtes innocent ?
— C'est exact, je n'ai aucune raison d'en vouloir à monsieur Marignan et sa famille, j'ai quitté la secte depuis plusieurs années et j'ai une rancœur monstre contre Wouters et la racaille qui est dans cette organisation.
— Vous dites donc que vous étiez piégé comme l'autre accusé ?
— L'arme du crime est subitement apparue au bureau de police comme par magie, ils vont sûrement envoyer la croix utilisée pour le double homicide avec comme par hasard mes empreintes dessus, c'est du classique. Je n'ai pas de mobile, monsieur Marignan ne m'a rien fait, je n'étais pas en France à ce moment-là, je n'étais plus dans la secte et depuis des années, je suis confiant.
— Effectivement, la croix utilisée pour le double homicide est arrivée au bureau de police avec vos empreintes. Des témoins vous ont identifié devant le domicile de la famille Marignan.
— Tout est fabriqué de toute pièce, une erreur judiciaire de plus, j'assume mes erreurs. J'ai été embrigadé au sein d'une secte et j'assume les conséquences de mon adhésion mais jamais je n'ai tué une petite fille de 9 ans. Je dirige une association de victimes de sectes et je m'occupe d'enfants depuis 2 ans. Jamais je ne mettrais la main sur un enfant, j'ai trop d'amour pour la future génération qui va remplacer ces démons sous chair humaine, capable de pousser au sacrifice une dizaine de familles et s'en sortir comme si de rien était.
— Je n'ai plus de questions monsieur le juge.
— Maître Marignan.
— Monsieur Deekins, quel est le lien entre vous et monsieur Wouters ?
— Je n'ai plus de contact avec ce monstre, je me suis désavoué de ces pratiques inhumaines.
— Pourquoi avez-vous rejoint cette supposée secte ?
— Le projet de cette organisation au départ était purement humanitaire, aider la jeunesse Belge à s'approcher de la spiritualité pour les aider à avancer. Les jeunes de Bruxelles prennent une mauvaise direction en mettant de côté les valeurs familiales et penchent vers un but purement matérialiste de ce monde. J'ai voulu contribuer à aider les jeunes urbains que j'aime tant. C'est ce que j'ai voulu discuter avec vous lorsque je me suis déplacé à votre domicile.
— Pouvez-vous nous dire ce qui vous a poussé à quitter cette organisation ?
— Les œuvres pratiquées par cet homme et sa clique de mercenaires, ils voulaient manipuler les gens pour les rendre tels des marionnettes capables de tout faire pour eux afin de développer un système de dévotion crée par eux et pour leurs intérêts.
— Vous êtes donc conscient que quitter une organisation pareille peut provoquer des troubles ?

— évidemment, ils ont mes empreintes, ils savent tout sur ma vie. Tout a été fabriqué pour me faire inculper et lorsque quelqu'un refuse leurs actions, ils font tout pour l'enfermer et envoient un détenu pour le tuer.
— Ont-ils déjà effectué ce genre d'actions par le passé ?
— L'affaire Brown en Angleterre, c'est eux. L'affaire Periva à Moscou, c'est encore eux. Je me suis battu pour dénoncer cette organisation mais l'acquittement de Wouters a décrédibilisé mes démarches aux yeux de la justice Belge.
— Avez-vous une relation avec l'accusé à vos côtés ?
— J'ai étudié son parcours, il doit sûrement faire partie de la secte et manipulé aussi par eux. Il a des marques d'un des leurs, sa manière de parler, ils ont des codes propres à leur organisation.
— Il est donc avec eux contrairement à vous ?
— C'est exact, le mode opératoire est appelé « mission rédemption », un soldat qui a dû effectuer des actions qu'il regrette au sein de l'armée Croate, ils ont dû lui promettre une absolution de ses actes en aidant la secte dans son but de nettoyer l'Europe à laver ses péchés depuis la seconde guerre mondiale.
— ça va aussi loin ?
— Et pire encore, pour eux, tout Européen doit faire acte de rédemption et ils le font de manière habile, toutes les religions monothéistes possèdent des sectes de ce genre, c'est eux qu'il faut combattre.
— A quelle religion est affiliée cette secte ?
— Toutes, ils prennent un morceau d'ici et là, font un cocktail et créent une nouvelle religion dans un but purement politique, la mondialisation n'est pas qu'économique et ils ont bien compris que rassembler les gens sur un crédo unique permet de les rendre crédibles. Pour eux, l'ennemi est le capitalisme et ses dérives mais ça ne les gêne pas de profiter de l'argent des victimes en voyageant et en organisant des fêtes pour l'anniversaire de la secte avec les pires débauches qu'on puisse imaginer.
— J'aimerais tout d'abord témoigner que j'ai bien été approché par Monsieur Wouters pour participer à l'organisation dont j'ai décliné la proposition depuis maintenant 18 mois.
— C'est sûr, ils ne vous lâcheront pas tant qu'ils ne vous auront pas mis sous leurs ordres ou faire taire.
— J'ai pourtant permis l'acquittement de l'un des leurs ?
— Oui mais vous connaissez leur existence, vous étiez absent lors du double homicide mais le but était de vous éliminer pour ne pas révéler l'existence d'une tentative avortée de vous affilier à eux. Ils ont connu votre potentiel habile de faire acquitter des criminels donc vous êtes pour eux un candidat idéal pour toutes les affaires dans lesquelles ils sont impliqués.
— Je n'ai plus de questions monsieur le juge.
— Monsieur Kalinić, veuillez-vous approcher de la barre s'il vous plaît ainsi que votre traductrice, c'est à vous monsieur le procureur.

— Monsieur Kalinić, pouvez-vous confirmer être affilié à une secte dénommée « Les enfants de la lumière » ?
— Non. Je n'ai rien à voir avec une quelconque secte.
— Selon le dernier rapport émis par votre hiérarchie, vous étiez bien présent lors d'une soirée organisée à Varsovie pour fêter les 10 ans de cette association à but non lucrative.
— C'est exact, j'y suis allé car j'ai été invité par monsieur Dombrowski qui est l'organisateur de cette cérémonie, je n'avais aucune connaissance de l'organisateur de cet événement.
— Quel est votre lien avec monsieur Wouters ?
— Aucune, je ne connais pas cet homme ni cette association.
— Que faisiez-vous en France ?
— Je vous l'ai dit, je suis venu en France pour une mission diplomatique qui consiste à connaître la situation des Croates à Paris et les anciens soldats qui sont restés ici.
— Pourquoi vous ont-ils choisi ?
— Je me suis porté volontaire, je suis à la retraite et je voulais aider mes compatriotes en essayant de les aider du mieux que je peux.
— Qu'avez-vous à dire sur l'arme du crime retrouvée ?
— Je n'ai pas de corde et je n'en utilise jamais chez moi.
— Et vous n'avez rien à voir dans tout ça ?
— Je suis dans l'incapacité d'effectuer ce type d'actions, aucune trace d'affrontement, rien sur moi ni à mon domicile ni à l'endroit où j'ai logé pendant mon séjour ici. L'identification du témoin est approximative, une fois c'est moi une fois c'est Frédéric Mercier. La corde avec mon empreinte est facilement réalisable.
— Vous niez votre lien avec l'association citée précédemment ?
— Oui… Je connais ces gens mais par l'intermédiaire des anciens combattants de guerre.
— Je n'ai plus de question monsieur le juge.

(Edouard se rapproche du pupitre et observe la salle, Wouters revient dans le public avec un policier et prend place à l'arrière de la salle d'audience. L'avocat prend quelques minutes avant d'entamer l'audition en cherchant du regard son épouse qui est présente, celle-ci le regarde en retour avec tendresse. Ce dernier prend la parole et interpelle le juge) :

— Monsieur le juge, je demanderai l'exclusion de mon épouse présente dans la salle.
— Pourquoi cela maître Marignan ?
— Je crains des représailles contre ma famille, je demande à ce qu'elle soit mise sous protection avant la fin de l'audience.
— Qu'en pensez-vous madame Mercier ?

(Virginie hoche de la tête et en larmes, elle est accompagnée par deux policiers qui l'escortent dans la voiture et emmenée dans l'hôtel sous surveillance du

G.I.G.N qui a renforcé ses troupes pour la fin du procès. Le juge s'adresse à l'avocat qui poursuit l'audition de l'accusé) :

— Monsieur Kalinić, avez-vous une arme 9mm en votre possession à votre arrivée en France ?

— Non, je suis venu ici en mission diplomatique, je n'ai aucune arme ni protection.

— Reconnaissez-vous une personne dans la salle ?

(Kalinić observe la salle et aperçoit un compatriote Petrović assis en plein milieu, l'accusé dirige son doigt vers ce dernier qui se sent gêné par l'attention du public qui se retourne vers lui) :

— Qui est ce monsieur ?

— Le colonel Petrović, l'homme qui m'a missionné pour ce déplacement diplomatique.

— Que vous a-t-il dit avant votre départ pour la France ?

— Que je dois faire le nécessaire pour veiller aux intérêts de la Croatie.

— Qu'avez-vous compris par ces propos ?

— En temps de guerre, lorsque vous allez effectuer une mission à haut risque, ce genre de déclarations est effectué pour amener l'un des nôtres à laver le linge sale.

— Vous avez un rapport conflictuel avec votre hiérarchie ?

— Oui.... J'ai refusé lors d'une de mes missions d'effectuer une action visant à attaquer un groupe de personnes fuyant la répression en Slovaquie, à Kresanica plus précisément.

— En quoi consistait votre mission ?

— A repérer un groupe d'individus qui se rendaient à la frontière et les éliminer en effaçant toute trace de leur mouvement.

— Pourquoi avez-vous refusé ?

— Je ne suis pas un meurtrier, je suis un soldat, je défends mon pays et je suis fier d'être Croate. Cet ordre était contraire à mes principes humanitaires.

— C'est ce qui a poussé votre hiérarchie à demander votre démission ?

— Non, je n'ai pas quitté l'armée à ce moment-là, je n'ai pas eu de réprimande mais depuis ce refus, je n'ai plus été envoyé en mission, passant de l'armée d'intervention à l'administration. J'ai compris que c'était pour cette mission qu'on m'a évincé.

— Vous dites donc que cette affaire est une vengeance personnelle ?

— Je ne sais pas et je n'en ai rien à faire, je n'ai rien à voir avec ce meurtre et je ne tue pas des enfants, c'est une question de principe. Pour moi, un enfant est innocent sauf cas contraire.

— C'est-à-dire ?

— Si je vois cet enfant commettre des sévices, je le mettrais en état d'arrestation mais jamais je n'oserai tuer un enfant pour ce qu'il a fait.

— Je n'ai plus de questions monsieur le juge.

(La séance est levée, les plaidoiries sont ajournées au lendemain matin avant le verdict final. Les accusés sont transférés depuis le box des accusés jusqu'à leur cellule en attendant de savoir s'ils sont condamnés. Edouard Marignan prend ses affaires et, accompagné par un policier, se dirige vers la sortie de la salle d'audience. Le public quitte la salle par petits groupes, le colonel Petrović ainsi que le gourou Wouters accompagnés de Frédéric Mercier se regroupent eux devant le tribunal pour un échange en petit comité. Edouard demande au policier de l'attendre devant sa voiture afin de se rendre aux toilettes. En revenant et en prenant la sortie du tribunal, il se retrouve nez à nez avec ce petit groupe qui l'observe. L'avocat dégaine une arme et tire à bout portant sur Wouters, Petrović ainsi que son beau-frère qui s'écroulent. Les personnes présentes autour de la scène se mettent à crier et fuir. L'avocat se rapproche et vide son chargeur afin de s'assurer de leur mort et rapidement maitrisé par le policier qui était chargé de sa surveillance en le plaquant sur le sol et en le menottant. Edouard ferme les yeux et ne respire plus, il a perdu conscience et le policier demande l'intervention des secours, le policier est assisté par le docteur Martin venu assister au procès qui lui porte les premiers secours. Une ambulance se présente après le crime et transporte Edouard sous escorte du G.I.G.N. Le juge apparaît aux côtés du procureur et, choqués par la scène qui vient de se produire, ressentent une forte émotion puis sont emmenés par d'autres membres du G.I.G.N vers un endroit sécurisé. Le tribunal pénal de Paris est évacué et quadrillé par les forces de l'ordre sous une forte pluie qui orne cette journée tragique pour la justice Française) ...

Chapitre 20 : Testament

(Cédric Chavin écoute attentivement l'histoire en étant choqué par la chronologie des évènements vu de l'intérieur, Edouard est toujours ému par les événements survenus durant ces deux années qui ne peut s'empêcher de pleurer à l'évocation de la mort de sa fille. Le policier reçoit un coup de téléphone de son épouse et quitte la pièce pour répondre) :

— Oui chérie ?
— J'étais en train de lire l'histoire de cet homme, chéri, est ce que tu peux t'éloigner de lui ?
— Pourquoi cela ?
— C'est un meurtrier, tu ne vas pas me dire que tu vas rester en charge de sa surveillance ? Tu as vu ce qu'il est arrivé à l'inspecteur Lambert ?
— C'est mon boulot Anissa, ce qu'a fait l'inspecteur Lambert est ce que nous faisons tous les jours, c'est-à-dire notre métier.
— Pourquoi est-ce qu'ils t'ont choisi pour le surveiller ?
— Je ne sais pas, ne t'en fais pas, je suis relevé de ma surveillance dans 5 heures et je rentre me reposer.
— Très bien… Je t'aime Cédric.
— Moi aussi Anissa.
— Dis le !
— Quoi ?!
— Dis le que tu m'aimes !
— Ben je t'ai dit moi aussi.
— Je veux t'entendre dire…
— Je t'aime Anissa et tu es la femme de ma vie.
— Merci ! A tout à l'heure !

(Le policier raccroche en souriant puis retourne auprès d'Edouard Marignan, ce dernier est couché en regardant le plafond, silencieux, il observe ensuite Cédric s'approcher de lui pour lui parler) :

— Vu de l'intérieur, c'est différent … Mais pourquoi ces trois personnes la ?
— Ce sont les responsables du meurtre de Nathalie Qoris, ma fille et l'inspecteur Lambert qui était un homme intègre et qui a subi une injustice. Je me suis assuré pendant le procès que toutes ces personnes étaient bien coupables avant de les exécuter. Je n'y ai pas pensé au début du procès mais le meurtre de Damien a précipité ma décision car les auteurs n'auraient jamais été retrouvés.
— Vous avez pensé à votre femme ?
— C'est pour ça que j'ai demandé son départ anticipé de la salle d'audience.
— Je ne parlais pas de ça !
— Ce que je devais faire Cédric, je l'ai fait. J'ai tué ces hommes car ils allaient être mis hors de cause et les accusés inculpés et sûrement condamnées à perpétuité.
— On ne se fait pas justice soit même !

— La justice, je la connais, j'ai agi comme ça car j'étais persuadé que je ne pourrai pas les atteindre après le procès.
— Pourquoi avoir tué Frédéric, votre beau-frère ?
— Il avait des relations avec Nathalie sous mon propre toit et mon propre lit, cet homme a sali le nom des Mercier et le mien. Dire que j'ai participé à ces turpitudes en fermant les yeux. Ma fille était présente au salon pendant qu'ils baisaient sur mon lit, je voulais lui trancher la gorge à ce chien !
— Que voulez-vous faire maintenant ?
— Rien, je continuerai à défendre la cause des innocents en prison avec mon expérience, servir la cause de ceux qui, comme Deekins et Kalinić sont enfermés à tort pendant que les commanditaires eux, continuent de mener paisiblement leur vie.

(Le docteur en charge d'Edouard entre à la salle de soins et prévient l'avocat ainsi que Cédric Chavin qu'il va demander le transfert du patient vers le G.H.U psychiatrie & neurosciences de Paris. Après consultation des examens qui font état d'une dégradation de sa santé mentale. Edouard accepte d'être transféré et le policier accompagne le médecin pour les démarches administratives. Edouard se retrouve seul et ferme les yeux et s'endort par épuisement. Un individu cagoulé entre à l'intérieur, prend un coussin et le met sur la tête d'Edouard qui se retrouve étouffé avant de mourir par les mains de Kalinić, libéré après son procès pour vice de procédure. Cédric revient une heure plus tard après sa pause et trouve l'avocat inanimé sur son lit. Il alerte tout d'abord le médecin afin de le secourir mais il est déjà trop tard, il contacte ensuite les services de police présents autour de l'hôpital pour sécuriser le secteur et tenter de trouver le coupable mais sans succès. Cédric est ému de la mort d'Edouard, le médecin trouve une enveloppe contenant une lettre et inscrit dessus « Virginie ». Il décide, en mémoire de celui qu'il considère comme un héros, de la garder précieusement et de la remettre à son épouse une fois sortie de l'hôpital. Quelques jours plus tard, Virginie, qui se trouve à Moscou pour visiter son père, reçoit un appel de Cédric qui a réussi à entrer en contact avec elle et lui envoyer le courrier. Elle reçoit la lettre par un livreur U.P.S qui la lui remet contre signature. Elle remonte dans sa chambre d'hôtel rue Arbat où elle s'est installée. En ouvrant le courrier, assise sur le lit, elle se rend compte que c'est un testament qu'elle est en train de lire) :

— « Virginie Mercier, je vais commencer par t'appeler comme ça car tu ne mérites pas de porter mon nom. Je sais que je t'ai trahi en agissant de la sorte car tu n'aurais jamais accepté que je me fasse justice moi-même. J'avais des preuves que c'était bien les commanditaires et que j'ai vengé ma fille de ces pourritures. Pourtant, je ne les accuse pas d'être les coupables du meurtre de Béatrice, je suis le seul et unique coupable de ce qui est arrivé à notre fille. J'ai permis d'acquitter cet homme qui a ensuite détruit ma vie, je savais que j'avais fait sortir un monstre mais le cabinet me mettait la pression, sans doute qu'il s'agissait d'un membre de la secte qui tenait le cabinet. Je ne l'ai pas fait de mes mains mais je suis tout autant coupable qu'eux dans cette affaire. J'ai aussi assassiné ton frère car il a fait des choses que je n'ai pas accepté qu'on fasse alors que Béatrice était là, à sûrement subir les turpitudes de notre propre famille. Cette lettre je l'écris car ils vont sûrement envoyer quelqu'un pour venir m'éliminer, ne tente rien en représailles et écarte-toi de cette vie. Si tu m'aimes encore je veux que tu reconstruises ta vie, ton père a sûrement eu raison de s'opposer à notre mariage et les conséquences ont été désastreuses pour toi. Je continuerai à t'aimer pour toujours, tu as accepté mon handicap et tu as été une épouse remarquable jusqu'au bout malgré tout ce que tu as entendu de mauvais sur moi. Je ne laisse rien derrière moi et tant mieux, je n'ai été qu'un malade mental qui essayait de vivre comme les autres, prend soin de toi et j'étais heureux d'avoir partagé ma vie avec la seule femme qui m'a soutenu jusqu'à la fin. Ton ex-mari.

(Virginie Mercier ne cesse de pleurer jusqu'à la fin de lecture de la lettre. Elle se couche sur le lit et embrasse le seul élément qu'elle possède de son mari avec encore l'odeur de son parfum. Après un profond sommeil qui a duré trois heures, Virginie s'habille puis quitte l'hôtel accompagnée d'un garde du corps qui ouvre la portière arrière pour lui permettre de monter dans le véhicule, un homme cagoulé dévale la rue en courant, dégaine un 9 mm et abat froidement l'avocate et son garde du corps avant de prendre la fuite) ...

Innocent :
La défense controversée.

Innocent : La Défense controversée.
ISBN : 9782957108589.
Illustration de la couverture : Studio Coutern © Shutterstock.
Dépôt légal – 20.08.2018.
Dépôt légal – AFNIL France sous la dénomination « Innocent ».

Éditions Coutern
www.Coutern.com

Printed in Poland
by Amazon Fulfillment
Poland Sp. z o.o., Wrocław

21984915R00057